JN096954

雑草の花

木戸寛行

Weed Blossom

Hiroyuki Kido

未知谷
Publisher Michitani

目次

雑草の花

装丁　谷野一矢

1

薄暗いホテルのロビーを横切って外へ一歩踏み出すと、頬に冷気が突き刺さった。土岐駆《ときかける》の口からは、思わず「痛てーな」という言葉が溢れる。冷たいではなく、痛いのだ。昨晩から降りはじめた雪によって、街の景色は真っ白になっていた。吐き出す息も見事なくらいに真っ白だ。外気で、レイバンの眼鏡のレンズが立ち所に曇ってしまう。

駆は、曇った眼鏡のレンズをバンダナで拭った。次の瞬間、目に入ってくるあらゆる表示が、スパイ映画の暗号のように見えた。キリル文字だった。駆は、解読不能な文字が日常にある情景を目にして、改めて異国にやって来たことを実感した。

年末にシルクロードへ行ってくる、一旦、韓国へ渡り、直行便でカザフスタンへ入るつもりだ、と友人たちに告げた。案の定、皆の頭の上に一様にクエスチョンマークが浮かんでくる様子が垣間見られた。それから、質問攻めになるのはいつものことだった。

「どこ?」という質問には、グーグルマップを使って解説する。

「危なくないの?」という質問には、外務省サイト内の危険情報を提示する。

「何故、そんな国へ?」という質問には、「一度も訪れたことがない国だから」と回答する。

そして、この三つの質問の後には、必ず「一体、何をしに?」となる。友人たちは、依然として、摩訶不思議な顔つきなままだ。そんな禅問答を終わらせる時の台詞は、いつも同じだった。

「旅さ。旅をしに行くんだよ」

その台詞の半分は、自分自身に向かって、言い聞かせているのかも知れない――

＊

駆の放浪癖は、大学生時代に培われた。アルバイトを掛け持ちしながら旅費を稼いだ後は、一ヶ月から二ヶ月ほど海外に滞在するのだ。

最初の渡航先は、王道中の王道であるハワイのオアフ島だった。その後は、インドネシアのバリ島、オーストラリアのゴールドコースト、タイのプーケットとピピ島で気ままに過ごしてきた。見るもの、聞くもの、嗅ぐもの、味わうもの、触るもの――全てが想像以上に新鮮であり、日本で暮らす時には体感できない高揚感に包まれる。自らをどこまでも自由に解放させてくれるマジックアワー。それは、駆にとって、何よりも「生きている」ことを実感できる時間なのだった。

その感覚は、大学を卒業後、就職してからも変わらなかった。いや、むしろ、加速していった。

ゴールデンウィーク、夏休み、年末年始の休暇は、ほぼ海外で過ごした。それだけではない。転職をする際には、必ず、休暇期間と称して海外へと旅立つのが恒例だった。

駆の大学時代、日本経済は好景気に沸いていたが、不運にも、就職活動時にはバブルが弾けた。就職氷河期の到来だった。大手の広告代理店からは軒並み袖にされ、中小クラスの広告代理店からは「新卒の募集を中止する」と通知を受けた。それでも諦めなかった駆は、卒業間際に小さな広告制作会社に滑り込んだ。

憧れのコピーライターとして自らのキャリアをスタートした駆だったが、その道のりは波乱万丈だった。皮肉にも、それは、世界へ旅することで養われた「自己確信」が大きな要因となっていた。

駆はリスクを取り、新しい挑戦をすることをいとわなかった。自分の見解や判断力に強烈な自信があったからだ。それ故に、自らに関することに決定を下せる人間は、自分しかいないと絶対的に信じていた。他人の主張に安易に左右されることは滅多になかった。己の人生において、何が正しいかをいつも知っている。そのネイチャーは、仕事をする上において諸刃の剣だった。相手が誰であれ、物怖じしない言動は「生意気だ」とか「調和を乱す」と揶揄された。その結果、各職場で数々の衝突を繰り返すことになった。

その一方で、駆のことを買ってくれる人もいた。まだ何の実績もない頃から駆の将来性を見込んで採用を決めてくれたり、その才能を見極めてさらに能力を伸ばしてくれたりする人たちだった。表裏がなく、真っ直ぐで、一本気な若者。その性格を熟知して手助けをする人物は、駆の人生の節々で現れた。

駆は（小さな広告制作会社でも）、憧れの仕事につけた感激を胸に意気揚々と入社式を迎えた。しかしながら、コピーライターの名刺を手にした喜びは三日ほどで消えた。広告業界の構図を理解して、確固たるヒエラルキーの差を嫌でも目の当たりにすることになったからだ。

ＴＶＣＭや新聞広告や駅貼りポスターなどの華やかな仕事は、大手の広告代理店が独占していた。駆の就職した広告制作会社に依頼されるのは、カタログや会社案内などの「ページ物」と呼ばれる、手がかかる割には地味な仕事が中心だった。それでも、一般消費者の目につくだけマシだった。時には、セールスマンのマニュアルや取扱説明書なども書かなければならなかったのだ。

社内にはデザイナーだけで、コピーライターは一人もいなかった。右も左も分からない状況だけれども、何とかやり遂げなければならない。我武者羅に書いて、書いて、書く。そんな日々が続き、毎日は文字通り忙殺されることになった。

とはいえ、自分以外にコピーを書く者はいない。そんな環境は、ある意味では都合がよかった。目上の者がいなければ、世の中に出るスピードが断然に速いからだ。また仕事には、習うより慣れた方が成長できるという側面もある。場数を踏むことは、コピーライティングの腕を磨くことにダイレクトに繋がっていった。幸いにも協力的なデザイナーの先輩たちに恵まれたおかげで、駆は広告のクリエイティブの面白さにのめり込んでいった。

広告業界には、クリエイターたちの教科書と呼ばれる月刊誌『広告批評』や『コマーシャル・フォト』や『ブレーン』があった。誌面には、話題になった広告や注目されるスタークリエイターたちの記事が掲載されていた。

（いつか、俺も素晴らしい広告をこさえて、注目を受けるぞ）

駆は、何度も繰り返し広告雑誌を読み込んだ。また、気になった新聞広告や雑誌広告の写経をする日課を自らに課した。さらに、会社の書棚に並ぶ『コピー年鑑』をつぶさに読み解きながら、コピーのパターンを徹底的に研究したり、基礎知識から専門的なテクニックまでを独学で習得していった。そんな努力が実りはじめたのは、三ヶ月が過ぎた頃だった。おぼろげながらにもコピーライティングのコツを掴めるようになっていたのだ。

だが、スポンジのように吸収していく反面、その実力を発揮する機会はなかなか訪れなかった。雑誌や年鑑に掲載されている仕事と自分がしている仕事にはギャップを感じざるを得ない。それが本音だった。

（このままでは、いつになっても一流にはなれない）

駆は雑誌や新聞を通じて、世の中には広告賞が存在することを知り得ていた。そして、同じ職場にいるデザイナーの先輩たちに声をかけて、様々な広告賞に挑戦するようになった。仕事でコピーを書き、仕事が終わってもコピーを書き続けた。さらに、夢の中でもコピーを書いていた。まさに寝ても覚めても、二十四時間コピー漬けの日々だった。

（自分がいる場所は広告業界のピラミッドの一番下なんだ。この先は階段を登っていくしかない）

そんな開き直りにも似た覚悟が実を結んだのは、就職してから半年後のことだった。『読売新聞広告大賞』の優秀賞に選ばれたのだ。すると、大手の広告制作会社から、転職の誘いを受けることになった。このまま小さな広告制作会社に留まっていても埒は明かない。もっと大きなチャンスを掴める環境にいなければ、一生華やかな世界とは無縁だろう。経験のない自分を就職させてくれたことには感謝しなければならない。しかし、絶好のタイミングを逃したら、必ず後悔することになる……。

そんな折、あるクライアントの仕事でコピーにケチをつけられた。皮肉なことにケチをつけたのは、駆の勤め先の社長夫人だった。社長夫人は広告制作における知識や経験はないのに社内のデザイナーたちに意見を言うことが度々あった。そのほとんどは、的外れなのは言うまでもなかった。その度に、頭を抱えていたデザイナーたちを遠目から見ていた駆だったが、遂に、その矛先が自分に向かってきたのだ。

自分は身を削り（時には、命を削り）ながら、コピーを書いているのだ。気紛れ半分に、モノを言われては敵わない。駆は理路整然とした理由で、社長夫人からの言いがかりを遮った。当然、口論になるのは避けられなかった。加えて、広告賞を獲得した自負があった。

平行線が続く中、遂に社長夫人はヒステリーを起こした。そして、大きな亀裂が生じてしまった。理不尽なことに社長は社長夫人を庇って、駆は退職を迫られたほどだった。社内では、公私混同だという声も上がったが、駆は急速に立場を追い詰められていった。こうした流れの中で、駆は転職を決断したのだった。

二社目に転職するまでに、二週間の休みを確保するのは忘れなかった。ずっと働き詰めで放電状態だったので、充電をする必要性を感じていたからだ。加えて、自分へのご褒美を兼ねて海外へ旅をしたかったのだ。香港へ向かったのは、退職した翌日のことだった。

二社目の大手広告制作会社では、度々、年上のコピーライターと口論にもなったが、あくまでも駆は自分のペースを崩さない姿勢を貫いた。

駆は持ち前の「バイテリティ」と「運の強さ」と「実行力」で、次々と広告賞を獲得して転職を果たしていった。妬みや嫉みを買っても、相手にすることは決してなかった。その結果、一歩ずつ、着実に広告業界のピラミッドを登り続けることになった。転職をする合間には、海外へ旅することがお決まりのコースになっていた。因みに、三社目に転職する間には、エジプトとアメリカ本土に出かけていった。

三社目のクリエイティブ・エージェンシーでは、コピーライターとして最高の栄誉となる東京コピーライターズクラブ（ＴＣＣ）の新人賞を獲得した。ようやく、広告業界の中で一人前のコピーライターとして認められるようになったのだ。ある意味では快挙とも言える出来事だった。とはいえ、組織内において、一番年少である者がそれを成し遂げたのは、複雑な人間関係を生むことになってしまった。

有頂天になっている自分に対して、心底、面白く思わない者がいることを理解する必要があったのかも知れない。しかし、駆は一貫して態度を変えなかった。結局、社内のバランスを考えた上層部からの勧告で、転職をせざる得なくなってしまった。幸いにもＴＣＣ新人賞を獲得した直後だったので、転職先はすぐに見つかった。

四社目。念願の広告代理店に移った時、駆は三十歳になろうとしていた。六本木の駅ビルに事務所を構える広告代理店は中堅クラスではあったが、幾つものメジャーなクライアントを扱っていた。仕事はTVCM、ラジオCM、新聞広告、雑誌広告が中心だった。職場が変われば、こんなにも仕事内容が異なってくる事実を肌で感じた。さらに、広告代理店で働く人種は、明らかに広告制作会社で働く人種とは異なっていた。

駆は入社以来、終業時間がくると、毎日のように飲みに連れて行かれるようになった。夕方になると先輩のアートディレクターである佐伯茂《さえきしげる》から、「土岐、いつまで仕事やってんだよ。そろそろ飲みに行くぞ」と声がかかるのだ。佐伯は酒に滅法強かった。そして、様々な武勇伝を持っていた。飲みすぎて胃を半分にする手術をしたとか、気に食わないナイトクラブの店長をぶっ飛ばしたとか、酔った勢いで黒塗りのベンツの上に飛び乗ってしまったとか……信じられない伝説を携えた少々厄介な人物だった。

弁も立つが、腕っぷしも相当に強い。しかし、その反面、佐伯は、後輩の面倒見がよくて、男気もある男だった。駆は、何故だか、佐伯から目をかけてもらい可愛がられるようになった。駆も佐伯に対して、これまでの職場では感じたことのない親近感を自然に抱くようになっていった。

佐伯は一年中、六本木で飲んでいるせいか顔も相当に広かった。居酒屋から、ナイトクラブ、バー、DJバー、キャバクラに至るまで、どの酒場でも「佐伯ちゃん」と親しげに呼ばれていた。佐伯はどこでも、駆のことを「弟分なんだ」と紹介した。駆は一人っ子だったので、三十歳になって初めて兄貴ができたような気持ちになった。

随分と仲良くなると、佐伯は自分が夜の街で一目置かれた存在である理由は、地元の静岡でつるんでいた不良の先輩（幼馴染み）が、あるヤクザの組の若頭だからなんだ――と打ち明けてきた。

「だから、オイラには誰も手が出せないんだよ」

「へー、そうなんですね」

駆は顔色一つ変えずに言った。海外の様々な場所に訪れて、多種多様なトラブルに巻き込まれても、何とか解決してきた自負がそう答えさせる。実際、危険な目に遭ったことも数え切れないが、その分だけ人を見る目にはかなりの自信があるのだ。そんなあっけらかんとした駆の顔を覗き込みながら、佐伯は頬を緩めて「土岐、お前はやっぱり面白い奴だな」と口にするのだった。

社内には、佐伯と距離を置く人たちも少なからずいた。佐伯は酔いが回ると決まって「真面目なだけの奴には、いいクリエイティブはつくれない」と繰り返し言った。

「コピーライターやアートディレクターは、どこかクレイジーなところがなくちゃ駄目だ。土岐、お前は世界中を旅してきたんだから、この世にはいろんな人間がいることを知っているよな。多種多様な心を動かすためには、まずは人間観察が大切だ。そして遊び心がなくちゃならない。そのためには、もっと遊ばなきゃな。じゃ、もう一軒行くぞ」

こうして、駆は佐伯の隣で、明け方まで飲み続ける日々を送ることになった。佐伯は六本木だけでなく、渋谷の老舗ロックバーや新宿二丁目のゲイバーにも詳しかった。駆と十歳しか離れていないのに、佐伯は驚くほど夜の街に精通していた。

「オイラは遊びのプロフェッショナルだからな。年季が入ってんだよ」

新宿二丁目のゲイバーで飲み疲れると、決まって向かう屋台があった。

「ここのオヤジがつくるおでんは最高なのよ。締めに丁度いいんだ」

その言葉通り、おでんは頬がとろけるほどに美味しかった。しかし、何度か屋台に通う中で、駆はオヤジさんの両手の小指がないことに気づいた。とはいえ、かなり酔っ払っているので見間違いかも知れない。お勘定をして屋台から出た後、駆はそのことをふと佐伯に尋ねてみた。すると、佐伯はニヤッと笑って「土岐、ようやく気がついたのか。あのオヤジ、昔はヤクザだったんだよ」と言った。

「マジですか?」

「ああ、だから、あんな屋台のオヤジだからって、調子に乗って、ぞんざいな態度なんかしてるとやられちゃうぞ。まあ、これも大事な人生の勉強だな」

2

カザフスタンの都市であるアルマトイの路面は、冬の時期にはアイススケートリンクのように滑る。一瞬の油断が転倒に繋がってしまう。駆は慎重な足取りで、街中のストリートを歩んでいった。

この街に到着してから、今日で既に三日目となる。昨日は、カザフスタンのグランドキャニオンと称される「チェリンキャニオン」まで、片道三時間の道のりを小型バスに揺られて訪問してきた。駆は三十年にも及んで旅を続けてきたので、英語をマスターしている。しかしながら、昨日の日帰りツアーは、終始、ロシア語でガイドされた。駆を除いた乗客たちは、ロシア人かカザフスタン人のどちらかだった。

一時はどうなるかと危惧したのだが、彼らの中には英語に堪能な者が何人かいた。銀行員、フライトアテンダント、ブティックの店長、カメラマンなど、仕事で英語を使う必要のある者たちだ。彼らのほとんどは、日本の漫画やアニメのファンで、実際のところ、かなり詳しかった。一方、日本人は珍しいらしく、駆は親近感を持って接してもらえたのだった。英語が苦手なカザフスタン人のガイドに変わって、英語で通訳をしてくれる者さえいた。

一度、気心が知れてしまえば、国籍や言語は関係なくなる。駆には、どんな人種とでも仲良くなれる特技があった。それは、世界中を旅することで、手に入れた財産である。徒歩で、風と水と砂がつくり出した芸術品のような「チェリンキャニオン」を一周して、峡谷の絶景に目を奪われる頃には、駆はツアー客たちの中で人気者になっていた。

午前中のプログラムが終了すると、ランチの時間となった。かといって、人里離れたエリアにはレストランなどはなく、ツアー会社と提携している村の民家で食事を摂ることになった。テーブルには、トマトと胡瓜のサラダ、中央アジアの麺であるラグマン、そしてナンが並んでいた。早朝五時に集合した際、売店で購入したケバブ以来だったので、空腹を覚えていた駆にとっては、シンプルな割には味わい深いものに感じられた。

ランチを終えた後は、「コルサイ湖」へ向かった。冬の時期には、エメラルドグリーンの湖一面が凍っていて、その氷上を散策できるという。湖へのエントリー口から、恐る恐る一歩を踏み出すと、駆はこれまでに体験したことのない浮遊感を味わうことができた。

神秘的で、見渡す限りに雄大な「コルサイ湖」の中心部分まで歩いてみる。すると、氷面に穴を開けて釣りに興じている地元の男たちから笑顔で挨拶をされた。思わず駆も笑顔を返しながら近づいていくと、握手を求められた。男たちの表情は、とても人懐こかった。

一生のうちで、おそらく一度しか会うことがない人たち。駆は、そんな人たちと出会うことも、旅の醍醐味だと感じる。日帰りツアーで同じ小型バスに搭乗したメンバーの何人かと連絡先を交換したが、再会する機会はほとんどないかも知れない。それでも、その時、一緒に過ごした時間は忘れ難いものとして、いつまでも心の中に鮮明に残っていく――

そんな昨日の出会いを思い出しながら、駆は街中のレストランへと入っていった。

カザフスタンに到着して以来、日本語はおろか英語のメニューさえ見かけることはなかった。案の定、テーブルの上にあるメニューは、キリル文字で埋めつくされていた。店内には、ローカルらしき客で溢れている。カップルや家族連れがほとんどだ。駆は、幼い子供が好奇心に溢れた眼差しを自分に向けているのに気づいた。丁度その時に子供がいる家族連れのテーブルに料理が運ばれてきた。それは見覚えのある料理だった。

「ラグマン？」と尋ねると、ウェイトレスが一瞬はにかんだ表情を見せてから頷いた。

駆は人差し指を一本立てるポーズで注文した。

海外のレストランは、駆の中で、ざっくりと二つに分けられる。一つは、店内の客が旅人である自分に積極的に話しかけてくるレストラン。もう一つは、全く対照的で、ほとんど旅人には無関心なレストランだ。どうやら、ここは、後者に属するようだ。料理を注文してから、手持ち無沙汰になって iPhone をいじっていると、あの佐伯茂からメッセージが届いていることに気がついた。

＊

駆と佐伯の関係は、暫くの間、疎遠になっていた。

佐伯と過ごした四社目から、駆は一年半後に外資系の広告会社へと転職したからだ。

表向きの理由は、タレント広告に溢れる日本の広告業界に疑問を持ちはじめたことにあった。

海外の広告賞に目を向けていた駆は、広告雑誌に特集されていたカンヌ・ライオンズ（Cannes Lions）に夢中になった。アイディアを中心につくられるクリエイティブは、圧倒的に斬新であり魅力的だった。そして、心に強く響いてくるのを感じざるを得なかった。

掲載記事によれば、日本からのエントリー数はアメリカに次いで二番目に多いと書かれていた。

しかしながら、日本の広告はアイディアのないものと見なされて黙殺されるのが常ということで、その結果、日本からの受賞作はほとんどなかった。受賞作がゼロだった年もあるほどだった。世界と日本の広告にはとてつもないギャップがあった。歴然とした差を見せつけられて、駆は次第に外資系のクリエイティブへと傾倒していった。同時に、再び、駆は社内で問題を起こした。

社長の交代時に、社内の働き方改革の一環として「どんなことでも直接メールを受け付ける」という通達があった。それを真に受けた駆は、深夜残業をしていた折に社長にメールをした。内容は些細なことであったが、肝を冷やしたクリエイティブ局長は、駆に雷を落とした。部下の管理不足の責任を回避するために局長は、駆に一日のスケジュール提出を事細かに命じた。仕事が忙しくてスケジュールを提出できないでいると、執拗に詰められることになった。駆は次第にそんな毎日に嫌気が差してきた。それが、転職の裏の理由だったのだ。

駆は、同じように社を追い出された後輩から、外資系広告会社へと誘われた。まさに、渡りに船だった。そして、駆は四社目を退社することになった。

時を移さずに、佐伯も気心の知れたデザイナー仲間たちと共に独立を果たした。少人数ながらもクリエイティブに特化したクリエイティブ・エージェンシーをスタートさせたのだ。佐伯たちは、在籍していた広告代理店から仕事を引っ張ってきていた。慣れ親しんだ営業局の社員たちと連携を図りながら、同時に、新しいクライアント開拓にも余念がなかった。ＩＴバブルが到来して、景気が良くなる兆しも見えつつあった。

しかしながら、駆にとって五社目にあたる外資系広告会社への転職は、不遇なものだった。その頃、外資系のクリエイティブがにわかに注目されて、多くの外資系広告会社の日本支社が乱立していた。駆の転職先もその一つで、体制の整っていない社内は混乱をきたしていた。あるハウスエージェンシーを買収して設立された構造は、歪そのものだった。

クリエイティブ局の社員だけが総入れ替えをされた状況は、言わずもがな、旧体制を維持しようとする営業局やマーケティング局などの他部署との対立を生んでいった。数社から、かき集められたクリエイティブ局の社員たちは、皆、前途洋々とした希望を抱いて入社したのだが、やがて現実とのギャップに苦しむようになっていった。

設立して間もない社内には、クライアントがほぼなかった。当然ながら、競合プレゼンテーションが仕事の中心になる。当然、勝てば仕事になるが、負ければ仕事にはならない。クリエイティブのトップに立つ人間も、転職組だった。競合の話があると、スタッフ全員が呼ばれた。コピーライターやアートディレクターが複数になって、アイディアを出し合う。しかしながら、数社からやって来たクリエイターのクリエイティブに対する考え方はバラバラで一向にまとまらない。当然ながら、意味のない長い会議が永遠と続くことになった。その上、クリエイティブのトップは、結局、自分以外のアイディアを認めようとしなかった。何十、時には、何百ものアイディアが殺されていくのだ。

駆の中で生じた疑問は、次第に膨らんでいき、焦りとフラストレーションに変わっていった。クリエイターにとって、表現の舞台が失われることは致命的だ。競合プレゼンテーションを前に、手応えのあるアイディアに辿り着いても採用されない。駆のストレスはピークに達していた。そして、トップが命じるままの画一的な案を出し続けた結果、二年もの間、競合に勝つことは一度もなかった。間もなくして、クリエイティブ局の社員は、トップ以下、全員が解雇されてしまった。

駆は、三十二歳になり、年齢的に転職が段々と厳しくなってきていた。面接を受けても不合格の通知が続く。これまでに五社を通じて、広告業界のピラミッドを登り続けてきたが、余りにも転職が多いと見られてしまうのだ。駆自身も、そろそろ腰を据えて働きたいと切に思うようになっていた。

そんな折、佐伯から電話がかかってきた。まるで、駆が途方に暮れているのを察知したかのように。

「土岐、久しぶりだな。調子はどうだ?」

駆は、一瞬、状況をはぐらかそうとしたが、佐伯には全てを話すべきだと改めた。

「佐伯さん、お久しぶりです。実は、リストラされてしまって……。二ヶ月ほど、転職活動をしているのですが、なかなか決まらなくて。ちょっと困っているんです」

「……そうか。飯は食えているのか?」

「ええ、何とか。給料だけはそこそこよかったですし、俺はまだ自宅にいるんで」

「なるほどな。それじゃ、近々、久々に飲みに行こう」

「はい。俺はいつでも大丈夫です」

「そうか。ちょっと待ってて。今、スケジュールを確認するから……。そうだな、今週の金曜日はどうだ?」

「分かりました」

「それじゃ、金曜日の夕方六時にオイラの会社に来てくれ。最寄り駅は、麻布十番だ。住所は、この後すぐにメールしておくよ」

「了解です」

携帯電話を切ると、駆は自宅のＭａｃでメールを確認した。佐伯の言葉通り、早速、メールが届いていた。駆は、素早くメモを取った。佐伯の会社の社名は、「バット」と書かれていた。駆は、以前、佐伯から聞いた言葉を思い出した。

「オイラのとこの社名は、バットにしたんだ。広告業界で一発を狙うっていう意味を込めてな。何かよく分かんねーけど、いい響きだろ。まあ、オイラもまだまだ頑張るつもりなのよ」

その時に見せた佐伯の嬉しそうな顔が、駆の脳裏にはっきりと浮かんできた。

(俺よりも十歳も年上の佐伯さんが、ひたむきさを失わずに仕事に打ち込んでいるんだ。見習わなきゃならない)

そこまで考えると、不合格続きで、塞ぎ込んでいた気持ちが少しだけ軽くなったような気がした。駆は手帳のスケジュール欄に、佐伯との予定を力強く書き込んだ。

金曜日の六時少し前に、駆は麻布十番駅の改札口から地上へ上がった。

佐伯の会社は、徒歩五分ほどのオフィスビルのペントハウスに位置していた。エレベーターで最上階まで上がると、若い社員が出迎えてくれた。

「土岐と申します。佐伯さんと六時にアポイントがあり伺いました」

「お待ちしておりました。こちらへどうぞ」

若い社員は金髪の青年だが、丁寧な物腰だ。パーテーションの後ろ側に行くと、佐伯が笑顔で迎えてくれた。近くの席には、以前、職場が同じだった二人のデザイナーもいた。

「おー、土岐、来たか。会うのは、二年振りくらいになるか」

「そうですね。佐伯さん、相変わらずお元気そうですね」

「元気、元気。おかげさまで忙しくやってるよ。よう、近ちゃん、コーヒーを二つ淹れてくれるかい。土岐、こっちに掛けて、ちょっとだけ待っててくれ」

佐伯は、金髪の青年に声をかけた。三分も経たないうちに、コーヒーが運ばれてきた。

「土岐、紹介するよ。ウチの新人の近藤《こんどう》くんだ。昨年、デザインの専門学校を卒業した直後から、来てもらっているんだよ。まだ二十歳なんだ」

「はい、近藤と申します。よろしくお願いいたします」

「土岐です。こちらこそ、よろしくお願いしますね」

「社長から、土岐さんのことはよく伺っております。以前、とても優秀なコピーライターと仕事をしていたといつも話してくれます。土岐さんが来社するって、社長、今朝からずっとソワソワしていたんですよ」

金髪の青年は、そう告げると仕事に戻っていった。佐伯は、二人のデザイナーに指示を与えた後に「じゃ、そろそろ行こう」と駆に言った。

佐伯はコートを羽織ると、退社前に三人の社員に向かって「後は、よろしくお願いします」と告げた。以前の佐伯とは、幾分、違った印象だ。駆は、その旨をエレベーターの扉が閉まるとすぐに口にした。

「佐伯さん、何だか、丁寧になりましたね」

「まあな。社長は、色々と気を遣うんだよ。威張ってばかりじゃ、誰も言うことを聞いてくれなくなるからな。低姿勢で接するのも仕事のうちだよ」

「なるほど」

オフィスビルから表に出ると、あたりはすっかりと暗くなっていた。

「近くに、美味い肉を食わせる店があるんだ。ここらへんで肉の卸をやってる一家の三代目の店なんだけどさ。オイラが店舗デザインや店のロゴなんかを頼まれてつくったんだ。その店でいいかな?」

「へー。すごいじゃないですか。是非、そこに連れてってください」

「オッケー」

麻布十番の商店街を抜けて、暫く歩くとある雑居ビルに着いた。「このビルの二階だよ」と佐伯が階段を登っていった。階段の左側の壁一面には、大きめのポップなイラストが描かれている。聞くところによれば、佐伯の知り合いの有名イラストレーターに発注したとのことだった。

階段の右側はガラス張りで、店内の様子が見られる設計デザインになっている。完成して間もないのだろう。店内は、真新しくお洒落なインテリアが施されている。

六人が坐れるカウンター席に加えて、四人掛けのテーブル席が三つある。店内の壁一面にも、階段と同じテイストのイラストが描かれている。佐伯がアートディレクションしただけあって、センスの良さが滲み出ていた。

「佐伯さん、いらっしゃいませ！」

カウンター越しから、威勢のいい声がかかった。

「よっちゃん、お疲れー。今夜は、後輩を連れてきたよ」

「毎度、ありがとうございます。さあ、こちらのカウンター席へどうぞ」

佐伯はカウンターの左端の席に腰を下した。駆は、その右隣に坐った。

「土岐、ここはオイラの指定席なんだよ。だよね、よっちゃん」

「そうです。今週は、三度目になりますね」

佐伯のリラックスした様子や店主とのやりとりから、常連客であることが窺える。店主は、注文したビールジョッキを手にして、カウンターを抜けて挨拶をしにきた。

「土方義生《ひじかたよしお》と申します。佐伯さんには、いつもお世話になっております」

店主はそう言うなり、ショップカードを両手で差し出してきた。カードを眺めると、店長との肩書きがあった。そこにも壁面と共通なテイストのイラストが施されていて、どうやら佐伯がトータルでアートディレクション、及び、デザインをしていることが分かった。

「土岐です。美味しいお肉が食べられると伺ってきました。楽しみです」

駆は、丁寧に両手で名刺を受け取りながら言った。

「任せてください」

店主はそう言い残すと、カウンターの向こう側へと戻っていった。

「じゃあ、挨拶はこれくらいにして、はじめようか」

佐伯はそう言うなり、ビールジョッキを手に取った。駆もすかさず、ジョッキを手にした。

「乾杯」と二人の声が重なった。駆の中で、こうして佐伯と何度も、乾杯してきた場面が浮かんできた。

佐伯は、一般的な広告賞とは無縁だった。しかし、小規模ながらも、独立してクリエイティブを楽しみながら仕事をしていた。そして、実際にクライアントからも信頼されて評価を受けていた。駆には、そんな佐伯が眩しく感じられた。

今までやってきたことは、決して間違いなどではない。コピーや広告について、誰よりも考えて、行動をしてきた。しかし、やり過ぎてしまって、つい勇み足になってしまうのだ。三杯目のビールジョッキを開ける頃、駆はようやく抱えている悩みを打ち明けることにした。

「佐伯さん、俺、何だか自信がなくなってしまって。どの職場でも、最後は、喧嘩別れみたいになってしまうんです」

佐伯はビールジョッキを傾けてから、駆に言った。

「土岐、それはお前が嘘をつけないからだ。オイラたちの業界には、口八丁な奴らで溢れている。ゴマをするのが仕事だと勘違いしているんだよな。でもな、いくら誤魔化したってちゃんとお天道様はお見通しなんだ。実力がない奴は、いずれいなくなる。オイラが若い頃から、それは変わんないよ」

「お天道様ですか」

「ああ、そうだよ。オイラたちの頭上には、クリエイティブの神様ってのがいるんだ。その神様は、いつもクリエイターたちを見張ってんのよ。神様は一所懸命な奴が大好きで、そうじゃない奴は大嫌いでな。ハンパなことをやってると、いずれ罰があたるんだ。お前は一所懸命に仕事をしてるんだから、あんまり心配するな」

佐伯はそこまで話すと「よっちゃん、お代わり！」と声を大にした。

「もう一つ言えるのはさ。お前がよくぶつかるのは、才能があるからだよ。土岐は、これまでにいろんな広告賞を獲ってきたんじゃないか。お前の才能は、それらの広告賞が証明してるはずだよ。それだけじゃない。一度、お前と仕事をしたら、アイディアとかコピーの力があるって分かるものさ。オイラはちゃんと分かってるよ」

「ありがとうございます」

「思い返してみれば、オイラが若い時だってよく揉めたよ。あの頃は、日本の社会において、デザインに対する関心が高まってきた頃だったから、皆がライバルでさ。随分とやりあったものだった。けれど、現役でデザイナーを続けている奴はほんの一握りさ。管理職になってしまったり、職を変えてしまったり。今でもデザインをやり続けているのは、本当にデザインが好きな奴らだけ。あるいは、もっといい仕事をしたいと気張っている奴らだけだ。オイラの言ってることは、分かるかな」

「はい」

「土岐、だから、お前は、もっと自信を持てよ。一番前を走る奴は、後ろを振り返っちゃいけないんだ。前しか見るな。そうすれば、必ず、お前の番が来る。その時には、努力して積み重ねてきた奴だけがものを言えるんだ。確かに、今は、その時じゃないかも知れない。けれども、クリエイティブの神様が見ているのを決して忘れるなよ」

「分かりました」

佐伯はそこまで言うとカバンの中から一枚のメモを取り出した。メモには、飛鳥光《あすかひかる》という名前と携帯番号が書かれていた。

「この女性は、広告業界のヘッドハンターだ。かなりの切れ者だよ。オイラとは、もう二十年来の付き合いになるかな。お前のことは、ざっくり話しておいた。きっと力になってくれるはずだ。週明けにでも連絡してみろよ」

「ありがとうございます」

「まあ、いつも通りのお前で行けばいいさ。じゃあ、何かつまむことにするかな」

佐伯はメニューを見ることなく店主に告げた。

「よっちゃん、特製つくねを二人前ね！」

佐伯の威勢のいい声が店内に鳴り響いた。その声は、駆へのエールのような響きを奏でていた。

3

思い出に浸っていると、注文したラグマンがテーブルに運ばれてきた。麺を浸したスープから湯気が立ち昇っている。スパイスが混じったような香りに鼻をくすぐられて駆は食欲をそそられた。

佐伯からのメッセージは、何のことはなく恒例に交わされる年末の挨拶だった。駆はiPhoneをポケットにしまって、早速、麺をすすりはじめた。はふっ、はふっ。実に美味い。うどんやラーメンと似ているが、どこか違う。それでも、美味しく感じられるのは、やはりアジア人である証だろう。そういえば、佐伯とも深夜を過ぎてから（時には明け方近くに）、締めと称して、うどんやラーメンをよく食べたものだ。異国情緒に溢れたカザフスタンの食堂で、駆は一人でそんな思いを巡らせていた。

それにしても、佐伯からの年末の挨拶は、少し違和感を覚えた。何故だか分からないが、どこかぎこちなさを感じたのだ。駆は、胸騒ぎがするのを禁じ得なかった。返信するタイミングで尋ねてみよう。そこまで考えると駆は、ラグマンが冷めないうちに胃袋の中へと掻き込んでいった。

＊

ヘッドハンターを紹介された週明け、駆は、早速、先方へ連絡を取ることにした。

「もしもし、飛鳥さんですか。土岐と申します。アートディレクターの佐伯茂さんから紹介していただいた者です」

「はい、飛鳥です。土岐さんですね、存じ上げております。早速ですが、一度、弊社の方に来社していただければと思います。その際には、履歴書とポートフォリオをご持参いただければ幸いです」

こうして、駆はヘッドハンターの飛鳥と三日後に面談のアポイントをとった。

電話を切ってから、ポートフォリオを再度チェックした。ファイルにまとめられたコピーを眺めると、改めて、コピーライターになってから様々な仕事をこなしてきたのだと感じた。それは、クライアントの広告に過ぎないかも知れないが、駆にしてみれば夢中で書き続けてきた自分史でもあるのだ。一本のコピーにも、様々な試練を潜り抜けてきたストーリーがある。駆はヘッドハンターとの面談に向けて、話す内容を整理していった。

飛鳥が在籍するヘッドハンティング会社は、赤坂のオフィスビルにあった。アポイントは午後一時だったので、エレベーターはランチから戻る社員で混み合っていた。二ヶ月近く仕事をしていない身としては、少々、居心地が悪い。駆は神妙な顔つきで飛鳥の待つ二十三階のボタンを押した。

エレベーターの扉が開く度に、大勢の人間が吐き出されていく。皆それぞれが脇目も振らずに仕事へと戻っていくのだ。彼らの後ろ姿を眺めながら、駆は、自ずと姿勢を正していた。

受付で、来社の旨を告げると「あちらのソファーでお待ちください」と案内された。数分後、細身のグレースーツに身を包んだ女性が颯爽と現れた。

「飛鳥光と申します。本日は、ご来社ありがとうございます」

「土岐駆と申します。本日は、よろしくお願いいたします」

簡単な挨拶が終わると、駆は面談室へと案内された。廊下の壁には、海をモチーフにした印象画が並んでいた。飛鳥が「こちらです」と個室の扉を開けた。部屋の中は明るくて、窓から見下ろす車や人々はミニチュアのように見えた。

駆は席に着いて呼吸を整えると、持参した履歴書とポートフォリオを机の上に置き、「こちらになります」と飛鳥の方へと差し出した。

「早速、拝見させていただきます」

飛鳥は屈託のない表情で、履歴書から目を通しはじめた。随分と慣れているのだろう。素早く履歴書を確認しながら、メモを取っていく姿はプロフェッショナルな印象を抱かせた。五分もすると、飛鳥は視線を駆に戻した。

「まだお若いのに、随分と沢山の広告賞を獲られていますね。しかも、国内外で結果を残されているのは素晴らしいと思います。佐伯さんからも優秀なコピーライターの方だと伺っていましたが、想像以上なので少し驚きました」

「……ありがとうございます」

「では、次にポートフォリオの方を拝見させていただきますね」

「はい。お願いいたします」

飛鳥の視線はポートフォリオに注がれた。駆は、一つの仕事に対して、そのバックグラウンド、コピーの狙い、そして、結果をまとめていた。つまり、どんな状況で、そのコピーが生まれたのかを理路整然と説明していたのだ。それは、どこか口下手なところがある自分にとって、有効な手段だと気づいていたからに他ならなかった。飛鳥のページをめくる手が、時折、止まった。どうやら、駆のコピーをじっくりと読み込んでいるようだ。

最後のページを読み終わる頃には、三十分もの時間が過ぎていた。

「はあ、結構な読み応えがありました」微笑みを交えながら飛鳥は告げた。「土岐さんが、きちんと仕事に向き合ってこられたことが伝わってきます。ちゃんとストーリーとしてまとめられていますし、特に問題はないかと存じます。履歴書を拝見しても順調にステップアップされてきたことが理解できますが、今後、土岐さんはどのような会社を希望されているのでしょうか?」

駆は決意を込めて、言葉を口にした。

「はい。外資系の広告会社を希望しています。巷に溢れているタレント広告には、余り魅力を感じられません。それよりも、クライアントの課題をアイディアで解決するクリエイティブに惹かれます。履歴書にもありますように、自分は小さな広告制作会社からスタートしました。それ以来、コピーの力を信じて広告をつくってきました。予算が少なくても、クリエイティブな広告はつくれることを身を持って知っています。そういった意味においても、自分は外資系に向いているんだと考えています」

「なるほど」飛鳥はそう言うと素早くメモを取った。「おっしゃることは、理解できます。また、土岐さんは英語も堪能なようですので、外資系向きなのかも知れませんね。意外と外資系のクリエイティブ局でも、英語が苦手な方が多いんです。英語が使えるのは、アドバンテージになるはずです」

「どこか、外資系の広告会社でコピーライターを募集しているところはありますか?」

「現在、私が担当している案件だと、ある大手の外資系広告会社が営業職を募集しています。先方の人事担当にクリエイティブ職の人員も募集していないか打診してみるのも一つの手ではあります。一度、聞いてみましょうか?」

「是非、お願いいたします」

「分かりました。では、少しお待ちいただけますか」飛鳥はそう言うなり、席を外して電話をかけに行った。駆は一人、面談室に残されるかたちとなった。

(どうか募集があるように)

祈るような気持ちで窓の外を眺めると、雲から一筋の光が差し込んでくるのが目に入った。その瞬間、何故か、駆自身の中で、ラッキーなことが起こる予感がした。

次の瞬間、飛鳥が面談室の扉をノックして入ってきた。飛鳥の笑顔を見た時、駆は自分の予感が正しかったことを悟った。

「土岐さん、先方に問い合わせたところ、タイミングよくコピーライターも探しているとの返事をもらうことができました。早速ですが、今週の金曜日に面接に行くことは可能ですか？」

「勿論です。何時でも構いません」駆は心の中でガッツポーズをとった。

「では、夕方六時に行ってください。住所はこちらになります。お持ちいただいた履歴書は、私の方で預かります。こちらで控えを取りまして、先方とシェアをさせていただきます。こちらのポートフォリオは、面接時にご持参してください」

「分かりました。どうもありがとうございます」

「いいえ、こちらこそお時間をいただきまして、ありがとうございます」

面談室からエレベーターに向かう廊下の途中で、飛鳥は思い出したように口を開いた。

「先日、佐伯さんからお電話をいただいたとき、とてもお忙しい様子で、用件のみですぐに電話を切られたのですが。佐伯さんはお元気なのでしょうか」

「ええ、先週の金曜日に会ったんですが、とても元気な様子でしたよ」

「それはよかったです。余談になりますが、土岐さんは、どこか佐伯さんに似てらっしゃいますね」

「えっ、本当ですか？」

「はい。歯に衣を着せずに言えば、お二人共、どこか一匹狼のような印象があります。長年、広告業界の転職担当をしていて、大勢の方にお会いするんですが、土岐さんも佐伯さんも一度お会いしたら忘れないほどキャラクターが立っている気がします。言い換えれば、個性が強いというのでしょうか。私の経験上、外資系にはそういう方が採用されるケースが多いような印象があります。因みに、先方のクリエイティブのトップは、外国人の女性です。頑張ってください。ご健闘をお祈りします」

「はいっ。全力で頑張ります」

駆はエレベーターに乗ってから、扉が完全に閉まるまで頭を下げていた。時間を確認すると、いつの間にか一時間半近くが過ぎていた。オフィスビルから外に出た時、肌寒いけれど気持ちのいい風が頬を撫でていった。

その週の金曜日、駆は意を決して、面接へ向かった。ポートフォリオは、インパクトを重視して大判サイズのものを用意した。内容は、先日、飛鳥に見せたものと共通するが、サイズが大きい分、説得力も増す気がしたからだ。

外資系の広告会社は、恵比寿ガーデンプレイスにあった。駆は、これまで五社を渡り歩いてきたが、目の前にそそり立つガラス張りの建物を見上げると、取り分けゴージャスな印象を抱いた。会社が入居しているのは、三十階である。階層別に区切られたエレベーターホールを探して乗り込んだ。音もなくエレベーターが動き出した瞬間、高速で空へ突き抜けていくような気がした。思わず唾を飲み込んで、耳抜きをする。そうこうしている間にエレベーターは三十階へと到着していた。

受付は無人で、内線番号が一覧になっている。事前に飛鳥から聞いていた内線番号を確かめてプッシュした。ツーコールで、クリエイティブの秘書が出た。

「土岐駆と申します。本日、面接に参りました」

「お待ちしておりました。すぐに受付に伺いますので、お待ちください」

「はい、分かりました」

秘書の女性は、すぐに現れた。

「クリエイティブの秘書をしております、青木《あおき》と申します。別室にて、弊社のクリエイティブの責任者が待機しておりますので、ご案内いたします」

秘書の女性に案内されて別室に入ると、小柄な金髪の女性と年配の日本人女性が坐っていた。すかさず、秘書は「こちらがエグゼクティブ・クリエイティブ・ディレクターのサリー・スミスです。隣に坐っているのは、通訳の加藤《かとう》です」と二人を紹介した。そのすぐ後に青木は退出した。

通訳がいるとは予想外だった。しかし、駆は、出来る限り、英語で話すようにしようと心に決めた。

「ハローマイネームイズカケルトキ」駆はそう言うなり、手を差し出した。

すると、サリーは「ナイス トゥ ミート ユー」と笑顔になって駆の手を握り返してきた。次の瞬間、通訳の女性は「私が通訳しますので、日本語で大丈夫ですよ」と少し非難めいた声で告げた。

「分かりました」駆はそう返事をしたが、サリーの様子から英語の方が好ましいという印象を抱いたので、英語と日本語を織り交ぜて話を展開していった。

基本的に用意したポートフォリオは日本語なので、通訳される時間が、ある程度は要することになる。しかしながら、それがかえって功を奏した。駆の口調も自ずとゆっくりとしたテンポとなり、威風堂々たるものとして、相手の目に映ったようだった。所々で、駆は確かな手応えを感じた。また途中で、あるＴＶＣＭについての質問をサリーからされた時には、通訳を頼らずに駆自身の言葉で的確に説明したことが評価に繋がった。

的を得た受け応えに「あなたの英語は分かりやすい上に説得力があるわ」という言葉までもらったのだ。面接時間は、一時間ほどで終了した。終始一貫して、穏やかな時間だった。帰り支度をする際、駆は英語でお礼を述べて笑顔をつくることを忘れなかった。

翌週末の金曜日。ちょうど面接から一週間経った日の午後、ヘッドハンターの飛鳥から「おめでとうございます。面接の結果、採用が決まりました」という連絡が入った。

「先方は、すぐにでも入社して欲しいとのことです。土岐さんのご都合はいかがでしょうか？」

駆は珍しく、海外へ旅することを止めた。約二ヶ月間、ずっとコピーを書きたかったからだった。すぐにでも仕事を始めたかった。何よりも、リストラをされた会社を見返したかったのだ。

「次の月曜日からでも、大丈夫だと、先方にお伝えください」

「分かりました。では、そう先方にお伝えします」

こうして、駆は大手の外資系広告会社に転職を決めることができた。入社日は、希望通りに翌週の月曜日となった。駆は、誰よりも先にそのことを佐伯に電話して伝えた。

「良かった、良かった。まあ、暫くは、そこで腰を据えていいコピーを書けよ」

「はい。俺、一所懸命書きます。頑張ります」

「ハハハ。外資系なんだから、バンバン、海外の広告賞も獲れよな」

「勿論です。デカい賞を狙いますよ」

駆の声は、長い悪夢から抜け出せたような解放感に溢れていた。

4

ラグマンを胃袋に収めた後、駆は滞在しているアルマトイの街が一望できる丘「コクトベ」へと向かった。この街中の移動は、主に地下鉄とバスだ。地下鉄を巧みに乗り継げば、主要な観光名所を周ることが可能だ。勿論、最寄り駅からは徒歩となるが、見ず知らずの街を歩き回ることは、駆にとっては全くもって苦にはならない。むしろ、迷いながら目的地に辿り着くことに、旅の醍醐味を感じるほどである。

旧ソ連であった街中の表示は、当然のごとく、どこもかしこもキリル文字だった。とはいえ、道は碁盤目状になっているので、比較的、位置関係は把握しやすい。加えて、路上で見かけるカザフスタン人たちは、どこか日本人を思わせる。顔つきや背格好が非常に似ているからだ。しかも、人々はとても親切だ。道を尋ねると丁寧に応えてくれる。駆が日本人であることを告げると、一緒に写真を撮ってくれと言われたことも、一度や二度ではなかった。

　東京生まれである駆にとって、どこの国でも、地下鉄を乗りこなすのは容易かった。このカザフスタンにおいても、それは決して例外ではなかった。物心がついてから、世界一複雑でラビリンスのような地下鉄網の乗り継ぎをマスターしてきているのだ。乗る方向さえ間違えなければ、どこだってラクなものさ。駆は、そんな自信を持っていた。

　それにしても、旧ソ連の国々にある地下鉄のホームは、驚くほどに深い部分に位置している。エスカレーターが、気が遠くなるほどに永遠と続いているかのようだ。まるで、地底まで到達してしまうのではないかと感じられるくらいである。東京駅の京葉線のホームなどもかなり深いが、それを遥かに凌駕する深さなのである。

　ようやく、地下のホームへと辿り着いた駆は、ほっと胸を撫で下ろした。案の定、ホームの両側に地下鉄が乗り入れるかたちとなっている。駆は、英語が理解できそうな若い男性を捕まえて、目的地への経路を尋ねた。幸いにも、若い男性は英語を使い慣れた様子で「こっちの方向だよ」と流暢に答えてくれた。若い男性は、「山頂へは歩いて行くこともできるけど、この時期は、ロープウェイを使った方がいいね」とも付け加えてくれた。

　駆は、地下鉄に乗り込み、教えてもらった通りに「コクトベ」の最寄り駅で下車した。無論、ホームは深いところに位置しているからして、地上に上がるのも、再び長いエスカレーターに揺られなければならない。とはいえ、事情も分かってきて、遊園地のアトラクションのようなものだと考える余裕さえ生まれていた。数分をかけて、地上に出る。そこから、再び、英語が理解できそうな若い人を探す。ちょうど向こうから、二人組の女子学生が歩いてくるのが目に入った。すかさず、駆は二人に尋ねてみた。

「コクトベね。この先を真っ直ぐ行ったところにロープウェイ乗り場があるわ」

女子学生の一人が、その方向へと手をかざしながら教えてくれた。もう一人の女子学生は、微笑んだ表情で頷いている。駆は、礼を述べて路上を進んでいった。街中の大広場ではニュー・イヤーのデコレーションの設置が行われていた。その脇を通り抜けて進むと、間もなくして「コクトベ」山頂へのロープウェイ乗り場へと到着した。

早速、窓口で往復分のチケットを購入して、ロープウェイ乗り場へと向かう。年末というシーズンにも関わらず、平日だからだろうか、それほど混み合ってもいない。駆は他の乗車客席と同席するのを見送って、一人での空中散歩を楽しむことにした。生憎、天気は曇り空だが、時折、太陽が雲の隙間から顔を覗かせる。換気口からの風は少し冷たいが、旅の高揚感によって、何だか心地よく感じられた。

駆は iPhone を取り出して、再び佐伯からのメッセージに目を通した。

「土岐へ　中央アジアへの旅はどうだい？　お前さんのことだから、世界のどこにいたって楽しんでいる様子が目に浮かんでくるよ。オイラには、どんなところか全く想像できないけどな（笑）健康には充分注意して、これからも旅を続けて欲しい。もし、よかったら、写真を何枚か送ってくれよ。よいお年を。佐伯」

見かけ上は、何のことはない年末年始の挨拶なのだが、何だか、心に引っ掛かるものがある。

「健康には充分注意して――」という部分だ。あの佐伯が、「健康に注意して」なんて書いてきたことがあっただろうか。そんな差し障りのない文面を送ってきたことは。駆は、過去に交わされた佐伯とのやりとりを念入りに思い出してみたが、結局、どこにもそんな記憶などなかった。

（人並みに佐伯さんも歳を食ったからかな。考えてみれば、出会ってから既に二十年も経っているんだから）

そんな思いを巡らせている内に、ロープウェイは山頂に到着した。

＊

出社日、初日。恵比寿ガーデンプレイスを見上げると、駆は何とも言えない高揚感に包まれた。あるいは、それは揺るぎない決意のようなものだったかも知れない。

「よし。やるぞ」

駆は自分自身を駆り立てるように呟いた。それから、オフィスがある三十階へ向かうエレベーター乗り場に立った。周りにはパリッとスーツを着込んだ数名の男女がいた。初日ということで、駆も珍しくスーツを着てはいるが、クリエイター特有のラフな感じは否めない。ノーネクタイに加えて、シルエットがダブダブの「ワイズ」のブラックスーツだからだ。

「チーン」とエレベーターの到着を知らせる音がして扉が開く。駆は足早に乗り込んだ。すると、扉が閉まる瞬間に乗り込んできたラフな格好をした茶髪の男と目が合った。その男も、駆と同じように髭を伸ばしている。そして、ジャケットにジーンズを合わせた姿は、駆と同じようにエレベーター内で浮いた印象だった。

（何だか、俺と同じような匂いのする奴だな。ぶっちゃけ、薄汚い感じが似てるからかな）

そんな思いを巡らせている間にもエレベーターは、各階で止まり、少しずつ人々を吐き出していく。満杯だったエレベーター内は、やがて駆と茶髪の男だけになった。三十階に着くと、どちらともなくエレベーターを降りた。結局、茶髪の男の目的地も同じ階だったようだ。とはいえ、他人のことは構っていられない。駆は脇目もふらずに受付へと向かった。そして、ヘッドハンターの飛鳥からの指示通り、受付の受話器からクリエイティブの秘書である青木へと内線をかけた。

「おはようございます。土岐です」

「おはようございます。青木です。すぐに受付に向かいます」

「了解いたしました」と駆が内線を切ると、茶髪の男がすぐ後ろにいることに気づいた。

どうやら駆のやり取りを伺っていたことが分かった。思いがけずに茶髪の男と言葉を交わそうとしたが、そのタイミングで青木が姿を現した。

「あらっ、お揃いになっていたんですね」

駆はふと茶髪の男に目をやると、会釈をしている様子が目に入った。

「こちらはコピーライターの土岐駆さん。そして、こちらはアートディレクターの谷真悟《たにしんご》さん。お二人共、本日付けの入社になるんですよ。ちょうどよかったです。今から人事部で、入社手続きを済ませなければならないので。早速、ご案内いたしますね」

「はいっ」駆と真悟の声が重なった。緊張気味だった場の空気が和んだ。それを合図に駆は手を差し出した。

「はじめまして。土岐です。よろしくお願いします」

茶髪の男は襟を正して応えた。

「はじめまして。谷です。こちらこそよろしくお願いします」

二人の何となくぎこちない挨拶が終えると「では、行きましょうか」と青木は言った。

「はいっ」再び、駆と真悟の声が重なった。思わず二人の顔がほころんだ。

何枚かの書類にサインをして、社内へのセキュリティカードを受け取った後は、午前中一杯をかけて、駆は真悟と並んで一通りの社内オリエンテーションを受けた。内容は、出社退社の打刻から、休日出社や代休のオンライン処理の仕方、どの仕事にどれ位を当てたかなどの業務作業時間の入力など、日常で必要な事柄だった。それらが終わると、いつの間にかお昼になっていた。

「ランチの時間は、一時間となります。このビルの地下には、レストランもあれば食品売場もあります。勿論、このビルの周辺にもレストランはあります。ここらへんは、食べるのには困らないはずですよ」青木は親切に伝えてくれた。

駆は真悟をランチに誘った。真悟は快く応じた。

「何か食べたいものはある？」

「僕は何でもいいですよ」

「じゃあ、せっかく記念すべき第一日目だからこのビルで食べようよ」

「いいっすね」

こうして二人は地下の飲食街へと向かった。選んだのは、和定食が食べられるレストランだった。

駆と真悟は、オリエンテーションの間を縫って、既にお互いの年齢を把握していた。駆は、真悟の三つ年上だった。そんな訳で、二人はお互いへの言葉遣いを意識するようになった。カウンターの席に案内されて注文を済ますと、真悟は興味深そうに尋ねてきた。

「駆さんは、ここで六社目になるんでしたっけ?」

「うん。俺は広告業界のピラミッドの一番下からスタートしてるからね。一歩一歩、這い上がってきたんだ。こう見えても、結構、苦労してきたんだよ」

「そうなんですね。僕は、ここで三社目になります。一社目は出版のプロダクションでした。ストリート系の雑誌を制作していたんですけど、なかなか大変で。一年を通して忙しかったです。二社目で、念願の広告業界に移りました。とはいえ、小さな広告制作会社だったので、結構、色々と鍛えられました」

「へえ。俺のスタートも、小さな広告制作会社だったんだ。しかも、その職場にはコピーライターが誰もいなかったんだ。訳も分からない割に、よくやっていたな、と今更ながら思うよ。何だか、俺たち、似たような境遇で闘ってきたんだな」

「そうみたいですね。青木さんの話によれば、駆さんとはチームを組むことが多くなりそうですね。お手柔らかによろしくお願いしますね」

「ハハハ。こちらこそ、よろしく頼むね」

その言葉通り、二人は様々な仕事でタッグを組むことが多くなった。ヘアケアブランド、自動車メーカー、アルコール飲料会社、石油会社などの既存のクライアントから、社運をかけて臨む競合プレゼンテーションまでだ。

駆は、これまでにも、様々なアートディレクターやデザイナーと組んできたが、真悟ほどウマの合う相手はいなかった。二人の年齢は近いこともあり、感性や価値観なども似ていた。また、仕事相手としてだけでなく、遊び相手としても申し分なかった。

二人は基本的に一所懸命に仕事をした。そして、仕事が終わると飲みに行った。週末にはナイトクラブへも足を運んだ。それまでの駆にとっては、佐伯がそういったパートナーだったが、徐々に佐伯とは距離ができてしまうという結果になった。

5

入社後、徐々に理解していったことだったが、二人が在籍する大手の広告会社は、世界最大のネットワークを誇っていた。そして、広告業界で最古の歴史を持っていた。

本社のあるニューヨークを筆頭にロンドン、パリ、ミラノ、アムステルダム、トロント、シドニー、メキシコシティ、サンパウロ、ブエノスアイレス、ドバイ、カサブランカ、レバノン、バーレーン、ヨハネスブルグまで、世界九十ヶ国を超える国々に二百以上の支社オフィスが存在していた。

東京支社は、アジア・パシフィック リージョンに属していて、この地域内には、中国、シンガポール、台湾、香港、韓国、フィリピン、インド、スリランカ、マレーシア、タイ、ベトナム、インドネシア、オーストラリアなどにオフィスがあった。

とりわけ、アジア・パシフィック リージョンは、クリエイティブの評判も高くて、世界中のオフィスから動向を注目されていた。また、アジア・パシフィックにある各社は、クリエイティブの教育にも熱心であり、クリエイターの育成に力を入れていた。当然のように、クリエイティブ研修や広告賞の視察で、海外へと招集される機会も度々あった。次第に、駆と真悟は一緒に海外へと出かけるようになっていった。

それまで会社を転々としていた駆だったが、遂に、自分の理想的な職場に巡り会えた気がした。入社一年目はコピーライターになって最も忙しい日々を過ごしたが、どんな状況でも仕事を断らない姿勢と、最後まで諦めない態度を貫くことで、職場で高い評価を得るようになっていった。それは、真悟というかけがえのない相棒を得たことも大きかった。

コピーライターとアートディレクターは、組む相手が変われば、アウトプットのクオリティもがらっと変わってくる。お互いの相性がいいか、悪いかは、一目瞭然だ。駆と真悟は、まさに阿吽の呼吸だった。

入社して三年目の秋、駆と真悟はタイで行われるクリエイティブの研修に参加した。会社が手配したホテルで一泊を過ごした翌日、バンコク支社のオフィスへと向かった。大会議室には各国からのクリエイターが集まっていた。ほぼ全員が、駆や真悟と同年代のコピーライターやアートディレクターだった。合同でランチをした後は、彼らと一緒にバスに乗り込み、タイ南部のリゾートとして知られるホアヒンへと向かった。海沿いに立地する高級リゾートホテルで、三泊四日に渡り、クリエイティブの研修が行われるのだ。

集められたクリエイターの総数は、駆や真悟を含んだ三十人だった。実に、アジア・パシフィックに散らばる十五のオフィスから、二人ずつ選抜された計算となる。三十人は、五人ずつの六チームに分けられた。同じオフィスから来た同僚とは別々のチームに振り分けられた。駆と真悟も例外ではなく、別チームになった。

駆のチームは、香港の男性コピーライター、インドのバンガロール（インドだけでも五オフィスある）の男性アートディレクター、シンガポールの女性コピーライター、そして、ベトナムのホーチミンの男性アートディレクターというメンバーだった。

研修中でもプライベートでも、言語の異なるメンバーの共通語としては、英語が使用された。尚、研修期間中はコミュニケーション力のアップを狙うために、二人一部屋（男女は別）で部屋割りがされていた。駆は、同じチームメンバーの香港の男性コピーライターと同室となった。

駆は、英語を駆使して、この実験的なクリエイティブの研修を心から楽しんだ。「国籍」も「言語」も「慣習」も異なる相手とコミュニケーションを取るのは、十八番だ。何のストレスもなく、むしろ、積極的に情報交換をしたり、クリエイティブの話題で盛り上がったりした。

一方で、英語が苦手な真悟は、研修時間が終わる度に、駆の部屋に顔を出した。

「もう、チンプンカンプンですよ。一体、どんな理由で、僕が、選抜されたんですかね」

「まあまあ。これも、いいクリエイティブの勉強だよ。真悟は、絵が描けるんだから、せっかくならそれを活かすべきだよ。言葉が理解できなくても、絵でならコミュニケーションはできるだろ？」

「うーん、なるほど。確かにそうっすよね。でも、いつも紙とペンを持ち歩かなければ、ダメじゃないですか」

「いいんじゃないか。いつも紙とペンを持ち歩けば」

「うーん、なるほど」

真悟は妙に納得した様子を見せた。根が素直なのである。

研修日初日の夕食会、兼、懇親会が終わると、自由時間となった。まだ飲み足りない駆は、真悟に加えて、意気投合した香港の男性コピーライターとベトナムの男性アートディレクター、地元タイの男性コピーライターと男性アートディレクターといった連中の六人で、滞在ホテルから抜け出して、街中のナイトクラブへ出かけた。

言語が違えども、クリエイターという人種は、すぐに打ち解けて仲良くなれる。酒が入れば、尚更だ。現に、英語で悩んでいた真悟もノリノリになって、仲間たちと馬鹿騒ぎをしている。駆は、真悟の変わり様を目の当たりにして、思わず吹き出した。そして、自らも大いに酒を浴びたのだった。六人がホテルに戻った頃、空は白茶けてきていた。

羽目を外したツケは、すぐに回ってきた。駆は目を覚ますと、ベッドサイドのデジタル時計が集合時間を過ぎていることに気づいたのだった。大慌てで飛び起きて、集合場所に向かう途中で、ベトナムのアートディレクターから声がかかった。

「やばい、寝坊しちゃったようだね」

「みたいだな」

そうこうするうちに、二人に駆け寄る男の姿があった。振り返ると、真悟だった。

「さっき、起きたんですよね」と苦笑いをしている。

するとベトナムのアートディレクターが「まだ眠いなぁ。コーヒー一杯飲んでから行こうよ」と悪魔の囁きのようなことを口にした。

深酒で、まだ酒が充分に抜けきっていない駆は調子良く頷いた。依然として頭がぼーっとした様子の真悟も同意した。こうして、三人は、研修に遅れているにもかかわらず、レストランへ立ち寄ることにした。案の定、コーヒー一杯だけに収まらず、オムレツをバターロールに挟んで、一気に口に詰め込んだのだった。それから、三人は研修が行われている場所へと足早に向かった。

幸か不幸か、朝一番の研修プログラムは、座禅であった。

シーンと座禅を組む同僚たちがいる中へと入っていくのは、かなり気が引けたが、寝坊してしまった以上は、仕方がない。駆たちは意を決して、一番後ろの場所で座禅に加わった。研修プログラムをコーディネイトする者たちからの視線が痛かったのは、言うまでもない。この日以来、一切のアルコールは禁止となってしまった。

その後は、様々な講師や各国のエグゼクティブ・クリエイティブ・ディレクターたちから、クリエイティブに関する講義が行われた。いいクリエイティブとよくないクリエイティブの違いから、いいクリエイティブをつくる心構え、各オフィスにおける最新クリエイティブ事例の披露まで、実践的なカリキュラムだった。そして、研修の最終日には、ある課題に対して、チーム対抗でTVCM案をプレゼンテーションする段取りが組まれていた。

国籍や言語がバラバラのチームメイトの意見を一つにして、ロジカル且つエモーショナルにプレゼンテーションを行う。それは、想像以上に、困難な作業だった。

クリエイターは皆一様に、我が強い。当然の如く、意見は割れる。しかも、残り二日で仕上げなければならないという時間の制約もある。最終日の前日は、各チームがほぼ徹夜状態になった。駆たちのチームも明け方近くまで、喧喧諤諤となって意見がまとまらなかった。ようやくプレゼンテーションする用意ができたのは、太陽が水平線から顔を出した頃だった。少しでも睡眠を取った方がいいということで、二時間ほど仮眠を取ることにした。いずれにせよ、アルコール禁止となって、かえって良かったのだった。

駆は、きっちり二時間後に目覚めた。身内とはいえ、プレゼンテーションを行うという意識は、程よい緊張感に繋がっていたのかも知れない。

会場に設置された審査員席には、各国のエグゼクティブ・クリエイティブ・ディレクターたちが一堂に会していた。そこには、張り詰めた空気が流れている。駆は、意識的にシンプルで分かりやすい英語を使った。そして、ゆっくりと話すことを心がけた。勿論、言葉だけではない。ボディランゲージを最大限に駆使しながら、プレゼンテーションを行った。時折、ユーモアも混ぜながら。それが笑いに繋がった時、駆はおぼろげながらにも手応えを感じることができた。その結果、駆は三人のベストプレゼンテイターに選ばれる栄誉を手にしたのだった。

全てのカリキュラムを終えた時、駆の中で、大きな意識の変化があった。それは、クリエイティブという曖昧なものに対する、クリアで明確な考え方だった。例え、言語の違う相手であったとしても、強いアイディアであれば確実に伝わる。だからこそ、その根幹をなすコア・アイディアを見つけ出すことが何よりも大切なのだ。アイディアに辿り着けさえすれば、素晴らしいエグゼキューションへと飛躍することもできるのだ、と。

駆は研修で培った理論を、実践的に証明したかった。駆には、とてつもない自信があった。そして、「Cannes Lions に入賞する」という大きな野望を抱いたのだ。

（これからは世界に通じる広告をつくるぞ。そう、世界中をあっと言わせてやるんだ）

鉄は熱いうちに叩け。駆は、帰国するなりに実行に移った。自らの中で温めたクリエイティブ・アイディアを、エグゼクティブ・クリエイティブ・ディレクターのサリー・スミスに持ちかけたのだった。

サリーの個室に飛び込んだ駆は、勢いよく言い放った。

「アイウォントトゥ メイク マイドリーム・カム トゥルー」

サリーは、駆のやる気とクリエイティブ・アイディアを認めて、全社的にバックアップをしてくれた。駆は実際にクライアントを見つけてきて、口説き落とした。そして、グラフィック広告（ポスター）の制作に漕ぎつけた。勿論、アートディレクターには真悟を起用して。

クライアントは、イギリスのスチールファニチャー・メーカーである「ビスレー」だった。定番商品のキャビネットは、整理整頓するのに最適なデザインを特徴としていた。そこで、駆は、眼科の「視力表（アイチャート）」のC字型の記号が同じ方向に揃っているビジュアルをイメージした。つまり、どんなものでも整理整頓できてしまうというベネフィットを強調したのだ。

早速、駆は真悟にそのアイディアを伝え、シリーズ広告にするために、二人で連日深夜まで膝をつき合わせて、複数のバリエーションを考え続けた。約五十ものビジュアルを出し合った後、「クモの巣」が等間隔になっているものと、くし切りにされた「スイカ」の断面に種が均等に配置されたものを選び出した。そして、駆は「**An Instinct for Order**（整理整頓という本能がある）」というコピーを開発したのだった。

そのタイミングは絶妙であった。前後して、グローバル・ネットワークのトップから、世界中のオフィスに **Cannes Lions** での受賞数の増加を促す社命が発令されたのだ。ゴールは、全ネットワークで、合計百の賞を獲得するというハードルが高いものだった。当然、日本支社も、その指令には従わなければならなかった。要するに、グローバルで全社的に賞獲りレースが推奨されたのだ。

駆と真悟が制作したグラフィック広告（ポスター）は、社内審査を経て **Cannes Lions** をはじめとした世界中の広告賞へとエントリーされることになった。

6

半年後、駆と真悟は、サリーの個室へと呼ばれた。

サリーは、駆の顔を見るなりハグをしてきた。何と、難関とされるクリオ賞のファイナリストに入賞したとのことだった。駆は、思わずガッツポーズをとった。そして、真悟とハイタッチを交わした。駆の夢が形になりはじめたのである。

クリオ賞の受賞発表は、二週間後になるらしい。授賞式は、フロリダ州のマイアミで開催されるとのことで、嬉しいことに、サリーから授賞式への参加を言い渡された。

「結果がどうなるか、自分たちの目で確かめてきなさい」

駆は狐に摘まれたようにポカンとした。数瞬後、ようやく、サリーの言葉の意味を飲み込んだ。視察のための出張を命じられたのだ。駆は、夢心地になっていた。

その出張では、ビジネスクラスが用意された。これまで、数多くの国々を旅してきた駆だったが、ほぼエコノミークラス（一、二度、満席でビジネスクラスに振り替えられたことはある）しか体験したことがなかったので、気分は否応なしに盛り上がった。真悟にとっては、人生初のビジネスクラスということで、喜びの余り、往路の飛行機の中で、既に百枚もの写真を撮影したほどだった。

二人は、成田からロサンゼルス経由で、マイアミへと到着したのだが、その道中ではビール、赤ワイン、シャンパン、そして、バーボンとあらゆるアルコールをちゃんぽんして幸せ気分に浸っていたのだった。そのために酔っ払って、ロサンゼルスの空港での乗り換え時に、危うく乗り過ごすという場面もあった。

マイアミ国際空港から一歩外に出ると、一気に夏になったようだった。まだ五月初旬ではあるが、半袖になっても汗が吹き出してくる。駆と真悟は、空港のベンチでタンクトップと短パンに着替えて、ビーチサンダルへと履き替えた。その瞬間、とめどもない解放感に満たされることになった。半年前のクリエイティブ研修のように、一切の制約もない。視察旅行とはいえ、半分はご褒美。思いっきりバカンス気分なのだ。

「よし行くか」駆は真悟にそう伝えると、タクシー乗り場へと歩を進めた。

滞在するホテルは、予算内から、駆が厳選したものだった。条件としては、ビーチ沿いで、プール付きであり、且つ、会場のホテルから近いエリアだった。二人は、早速、タクシーに乗り込むと、窓を全開にして風を感じた。パリッと感じられる乾いた風が頬を撫でていく。ビーチ沿いのオーシャン・ドライブに入ると、背の高いパームツリーが風に揺られて、気持ちよさそうにたなびいているのが目に飛び込んできた。

「駆さん、何だか笑いが止まらないですよ。僕、この会社に入って本当に良かったです」

「ハハハ、そうだな。俺も笑いが止まらないよ。不思議なことに、真悟と同じこと考えていた。本当にこの会社に入って良かったよ」

間もなくして、タクシーは予約していたホテルに到着した。そこは想像以上に優雅なリゾートホテルだった。ここに四泊五日の間、滞在するのだ。二人の顔には、ひときわ大きなスマイルが浮かんだ。

タクシーから下車すると、ベルボーイが素早く飛んでくる。そして、二人のスーツケースをラゲッジカートに載せるやいなやロビーまで運んでいく。駆は、ドライバーに料金を支払うと、真悟と一緒にチェックインカウンターへと向かった。

「予約している土岐です」

フロントにいる金髪の若い女性は、愛想よく「お待ちしておりました」と告げた。駆はパスポートを手提げバッグから取り出した。「パスポートは各自で出すんだぞ」と真悟に何気なく目をやると、金髪の若い女性に見惚れていた。

「おい、真悟。鼻の下が伸びっぱなしだぞ」

「だって、思いっきりタイプなんですもん」

金髪の若い女性は、真悟が言っている内容が理解できるのか不明だったが、一層、愛らしい笑顔をつくった。

手際よくルームカードを渡されて、部屋への行き方を丁寧に案内された。スーツケースは、後ほど、届けてくれるとのことだった。二人は礼を述べて、早速、部屋へと向かった。大理石の廊下を奥まで進みコーナーを曲がると、視界が一気に開けた。左手には洒落たデザインのプールが佇み、その先にはコバルトブルーの海が見渡せた。

「駆さん、ご機嫌な感じですね」

「結構こだわって、このホテルを選んだからな」

「あっ、こんなところにバーがありますよ」

「いいねえ。部屋に行く前に一杯引っかけて行くか?」

「賛成です」

駆と真悟は、文字通り、バーカウンターに吸い込まれていった。メニューを開くと、アルコールの種類が豊富に取り揃えてある。

「ビールだけでも沢山あるなあ」

「これだけ種類があると迷っちゃいますね」

駆はバーテンにお勧めのビールを尋ねてみた。せっかくなので、余りお目にかからない珍しいタイプがいいと付け加えて。

「私のお勧めは、こちらのベルギービールになります。ドゥシャス・デ・ブルゴーニュというレッドビールです。コクがあり、洗練された味わいですよ」

差し出された小瓶には、絵画のようなタッチの女性のイラストが描かれている。駆は記憶を辿ったが、そのパッケージには見覚えがなかった。

「ものは試しだ。俺は、それにしよう」

「僕も駆さんと同じでいいです」

駆はベルギービールを二本注文した。バーテンは笑顔で頷くと、素早く栓を開けて、専用のグラスにその中身を注ぎはじめた。赤みがかった液体は赤ワインのようだ。

「綺麗な色だな」

「いい香りが漂ってきますね」

二人はグラスを掲げて杯を交わした。そして、乾いた喉に流し込んでいった。バーはオープンテラスになっているので、時折、心地のいい風が通る。風は、潮の匂いが混じっていた。身も心もとろけるとは、きっとこんな状態を表現するのだろう。時間をかけてビールを味わうと、二人はほろ酔い気分で席を立った。

部屋に到着すると、既にスーツケースは届いていた。駆が予約した部屋は、オーシャンビューだった。一目散に二人はバルコニーへ出てみた。ゴールデンサンドにコバルトブルーの海原。目の前の眺めは、まるで映画に登場するような景色だった。

「最高だな」

「やばいっす」

二人は、それだけ言葉にすると、束の間、海を見つめていた。

「真悟、水着に着替えて、プールへ行こうぜ」

「いいっすね」

二人は、素早く着替えを済ますと、プールへ直行した。プールサイドで軽く準備運動をしてから、水の中に入る。太陽に温められた水は、ちょうどいい水温になっていた。

「気持ちいいー」二人の声が重なった。

駆は仰向けになり、顔を水の外に出す格好で浮かんだ。まるで天国にいるようだな、と思いながら。目を閉じて浮かんでみると、さらに浮遊感が増していく。

その後、ひと泳ぎして、プールサイドのデッキチェアに身体を横たえた。既にテーブル越しの隣のデッキチェアに寝転がっている真悟は、いびきをかきはじめている。

考えてみれば、成田からロサンゼルスを経由して、十七時間以上も移動している計算となる。道理で、眠いはずだ。幸いクリオ賞の開催は、明日からなので、今日は特に予定はない。少し身体を休めた方がいいだろう。そこまで思い浮かべると、駆も次第にまどろんでいった。

思ったよりも疲れていたのだろう。目を開けると、日が落ちて薄暗くなりかけている。どうやら、ぐっすりと寝ていたようだ。

「あー、よく寝たなー」と駆が身体を伸ばしてから起き上がると、真悟も目を覚ました。

「あれっ、すっかり日が暮れてますね。でも、しっかり寝たおかげかスッキリしてますよ」

「俺もだよ。腹減ったな」

「ですね」

「部屋に戻って、シャワー浴びて、メシに行こうぜ」

「了解です」

「ところで、駆さん、何食べます?」

「蟹の爪を食わせる老舗レストランがあるんだ。実は、俺、マイアミには以前、学生時代の同級生と来たことがあってね。その時に行ったのが『ジョーズ ストーンクラブ』っていうレストランでさ。あのフランク・シナトラのバースディ・パーティも開かれたというぐらいだから、味は保証付きだ。とにかく絶品なんだよ。何を隠そう、俺たち、三日続けて通っちゃったんだから」

「うわっ、いいっすね。僕も北海道出身っすから、蟹には目がないんです」

「そうだったな。但し、日本の蟹料理とは別物だ。蟹の爪だけを食べさせるんだから」

「へー、それは楽しみだな」

二人は部屋に戻って、速攻でシャワーを浴びた。そして、素早く身支度を整えた。

「では、いざ出発!」駆の戯《おど》けた掛け声を合図に、二人は夕食へと出かけた。

ホテルのコンシェルジュで、レストランの場所を尋ねると「タクシーで十分ほどです」とのことだった。コンシェルジュは気を効かせて、予約を入れてくれた。

駆と真悟は、タクシーに乗り込んで行き先を告げた。ドライバーは、オッケーと言うなり発車させた。やはり知られたレストランであることに違いなかった。

ネオンを纏ったマイアミの街は、すっかりと夜の顔つきになっていた。赤、青、ピンク、紫のネオンライトが、昼間とは全く違った印象を抱かせるのだ。時折、ネオンの反射によって、タクシーの中までもが、ナイトクラブのように様変わりをする。

「何だか、少し怪しいですね」

初めて、マイアミの夜を目の当たりにした真悟は、目を白黒させている。

「うん、確かにな。まあ、これも含めて視察旅行さ」

駆は、真悟の顔を覗き込んでウィンクをした。

「ジョーズ ストーンクラブ」の玄関口は、大勢の客で賑わっていた。ホテルのコンシェルジュが予約を入れてくれたことが腑に落ちた。

「凄く混んでるな」

「そうですね。有名店のオーラが出てますよ」

駆は受付で名前を告げた。係の男は、五分ほど待ってくれと対応した。その間にも、多くの客たちが出入りをする。レストランの客層は、ほぼ白人だ。明日から、クリオ賞が開催されるので、日本人もいるかも知れないと予想したが、どこにもそれらしき姿は見当たらなかった。

「ミスター トキ プリーズ」

駆が声のする方へ顔を向けると、タキシードを着た男が微笑んだ。意外と早く、順番がきたようだ。駆と真悟は、タキシードの男に連れられて奥のテーブル席に案内された。右を向いても左を向いても、見渡す限りに満席だ。まるで、マイアミ中の人間が集合しているような印象である。当日の直前に予約して入店できたのは、ラッキーだったかも知れないな、と駆は感じた。

駆と真悟は、ビールと蟹の爪のみを注文した。他にも目を引かれるメニューはあったが、あえて一点突破を狙ったのである。ビールジョッキが運ばれてくると、二人は、再び乾杯をした。

「駆さん、成田から数えて、何回目の乾杯になりますかね？」

「ハハハ、よく覚えてないよ。まあ何度でも構わないだろ。そうだな、これは前祝いとして、乾杯しようぜ」

「そうっすね」

「では、入賞することを祈って」

「入賞することを祈りまして」

「乾杯っ！」

「乾杯っ！」

カーン、とビールジョッキが重なる音が店内に鳴り響いた。それは、本格的な賞レースの始まりを告げるかのような音だった。駆は祈りにも似た気持ちで、受賞できることを願った。

間もなくして、蟹の爪が運ばれてきた。駆は、真悟に食べ方のデモンストレーションをしてみせた。

「こうして蟹爪をディップにつけるだろ。そして、一気に喰らうんだ」

口に入れた瞬間、幸せが広がっていく。その様子を見届けた真悟は「僕も喰らいます」と続いた。真悟の表情の変化から、瞬く間に絶頂に達するのが読み取れた。

「どうだ？」

「やばいです！」

駆と真悟は、猿の一つ覚えのように同じ問答を繰り返した。まるで、それ以外の言葉が見当たらないように。そして、次々と蟹の爪をビールでグビグビと流し込んでいったのだった。

テーブルの皿の上に積み上げられていた蟹爪を全て平らげると、二人は放心状態になった。同時に、深い睡魔が襲ってきた。プールサイドで仮眠を取ったとはいえ、まだ睡眠時間が足りないようだ。すぐに二人は会計を済ませて、眠い目を擦りながら帰路についたのだった。二人共にホテルのベッドにダイブすると、一瞬で夢の世界へと誘われていった。


翌朝、駆は早朝に目覚めた。鳥が鳴く方へ首を傾けると、レースのカーテン越しに日が差し込んでいるのが見えた。

一瞬、どこにいるか分からなかったが、改めて、マイアミへとやって来ていることを思い出した。ベッドから起き出して、バルコニーへ出てみた。潮風が頬を撫でていくのが、とても気持ちいい。「うーん」と声を出しながら、太陽の方へ伸びをしてみると、全身が喜んでいるのが分かった。バルコニーのガーデンチェアに腰掛けて海を眺めていると、間もなくして「おはようございます」と真悟が顔を見せた。

「おはよう」駆は笑顔で応えた。

「駆さん、随分と早いですね」

「何か知らないけど、気持ちよく目覚められたよ。やっぱり海が見える生活はいいね。オーシャンビューにして、大正解だったな」

「ですよね。まだ七時前ですよ。普段なら、この時間は爆睡中です」

「ハハハ、それは俺も同じだよ」

駆がビーチに目をやると、散歩をしている人々が目に入った。遠目からでも、気持ちがよさそうだった。

「真悟、朝のビーチを散歩しに行かないか？」

「いいですね。行きましょう」

ビーチはホテルの敷地から目と鼻の先だった。二人は砂の上でビーチサンダルを脱いで、裸足になった。頭上には雲ひとつなく快晴の空が広がっている。波音が耳をくすぐってくる。絵に描いたようなランドスケープが目に眩しく映る。もう三十分ほど歩き続けているが景色はほとんど変わらない。南北に十六キロメートルとも言われる長い海岸線は、途方もなくスケールが大きかった。少し歩き疲れた二人は、波打ち際で海水に足をつけてみた。

「おー、結構、冷たいぞ」

「まだ、朝だからですかね」

そう言いながらも、二人はしばしの間、コバルトブルーの海の中に足を浸していた。

「何だか、また腹が減ってきたな」

「ハハハ、僕もですよ。何だか、とても健康的になっている気がします。朝食はビュッフェ形式でしたよね」

「そうだ。そろそろホテルに戻るか」

「はい」

普段、駆も真悟も朝食は食べない。しかしながら、旅先では別の話なのだ。テーブルの上には、サラダ、スープ、クロワッサン、ベーコン、オムレツ、そして、ツナサンドウィッチが並べられている。

「駆さん、豪華な朝食になりましたね」

「これから戦場へ向かうんだ。しっかり腹ごしらえをしとかないとな」

「了解です」

そうして、二人共に、全ての皿を片付けたのだった。

朝食を終えた二人は、クリオ賞が開催されている会場のホテルへ向かった。受付で名前を告げると、プログラム一覧表を手渡された。会場はブロックごとにＴＶＣＭやグラフィックなどのファイナリストがカテゴリー別に展示されている。その中をクリエイターたちが自由に見学できるようになっていた。スケジュールによると、各カテゴリーの授賞式は、最終日に発表されるとあった。

「今日の夕方六時から、開会式のディナーが用意されているみたいだな。それまでは、じっくりと視察しようぜ」

「そうですね。せっかく来たんですから、とことん見てやりましょう」

二人はメモを片手に、展示されている広告をかぶりつくようにチェックしていった。開催国のアメリカを筆頭にヨーロッパやアジアやアフリカまで、あらゆる地域からエントリーがされていた。それらをつぶさに眺めていると、世界の広告の勢力図が浮かんでくる。残念ながら、日本からのファイナリストは圧倒的に少なかった。駆は、国内の広告賞との違いや差を、はっきりと肌で感じた。

暫くすると、二人は、自分たちがエントリーしたポスターに出くわした。それを目にした瞬間、二人共に胸を撫で下ろした。とはいえ、このクリエイティブがどこまで通用するかは、神のみぞ知るだ。生憎、同じクライアントで北欧ノルウェイからのポスターも目に入った。アウトプットの表現は違うが、根本にある整理整頓ができる商品特徴をベースにしたアイディアは全く同じだった。

「真悟、このノルウェイのチームは俺たちとの一騎打ちになりそうだな」

「そうですね」

その後も、二人は午前中いっぱい時間をかけて、グラフィック広告を一通りチェックしていった。いずれのクリエイティブもファイナリストに選ばれているだけあって、見応えがあり、一つとして素通りはできなかった。足が棒になりかけていたので、ホテル内のレストランで、軽めのランチを摂ることにした。勿論、ビールを注文することも忘れなかった。

午後は、スクリーンが設置された大部屋で、ＴＶＣＭを隈なく目にすることにした。しかしながら、室内は冷房が効き過ぎているので、かなり肌寒い。

「極寒のマイアミか」

「まるでアラスカのようですね」

二人は交互にボヤきながらも、必死にスクリーンに食らいついていった。

途中で、一度、十分ほどの休憩が挟まれた以外、約四時間、世界中からのＴＶＣＭのシャワーを浴び続けた。全てのＴＶＣＭが終了した時、室内に残っていたのは数えるくらいだった。それ程に部屋の中は冷え切っていたのだ。すっかり凍えた身体で太陽の下へ避難すると、体温が戻ってくるのが実感できた。

「真悟、何となくだが、幾つかのパターンが分かった。ユーモア、シリアス、意外性などに分類できると思う。あと個人的な見解になるけど、ＴＶＣＭに関しては、誰にでも理解できる普遍的なものと、アメリカのローカル色が濃くてよく分からないものにはっきりと分かれていた気がする」

「そうですよね。何が言いたいのか不明なものが、結構ありました。やっぱり、アメリカの広告賞だからでしょうね」

「そうかも知れないな。それにしても、日本のＴＶＣＭは一本しか残ってなかったな」

「ええ。やっぱり十五秒がスタンダードだと厳しいですよね。それは、かなり厄介な壁になっていると思います。三分くらいの長尺のものもあったじゃないですか。最低でも、一分はないと印象に残らない気がします」

「俺も同感だよ。入賞を狙うなら、コア・アイディアがしっかりとあるもの。それに加えて、ちゃんとストーリーを展開できる秒数が必要だよな。審査員の視点で考えてみればいいんだ。奴らは、どのアイディアが強いかを中心にディスカッションしているはずだ。アイディアのないものは、端《はな》から相手にされない。どんなに日本で知られた俳優やアイドルを出演させたとしても、ウケるのは日本国内だけだ。海外の奴らから見れば、『誰?』ってな感じだろうな」

「そうですね。タイのクリエイティブ研修でも、大切なことを教わりましたものね。タレント広告に誰を出演させるかを考えるプロデューサーじゃなく、あくまでもアイディアを考えるクリエイターであれって」

「今、俺は、その言葉を痛いほどに実感しているよ。これから目指さなければならない方向は、はっきりと見えたぞ。普段から、強いアイディアを探していくんだ」

環境が変われば、考え方が変わる。そして、やはり鉄は熱いうちに叩けだ。早速、駆と真悟は、開会式のディナーが始まるまでの時間を使って、一日中メモしたものを検証していった。その広告における何がコア・アイディアなのかをディスカッションして、クリエイティブの構造を解明していったのだ。それは、実に有意義な時間となった。議論を尽くすことで、霧に包まれていた世界のクリエイティブの輪郭を僅かながらにも掴めたからだ。

いつの間にか開会式のディナーの時間が近づいてきていた。二人は自分たちのホテルに戻って、大急ぎで着替えた。そして、とんぼ返りしてきた。駆は胸の部分に幾つものピンバッジが添えられたジャケットにダメージ加工がされたジーンズ、真悟はカジュアルなTシャツに太いシルエットの「コム・デ・ギャルソン」のブラックスーツという格好だった。

ディナー会場には、何十もの丸テーブルが置かれて、一つのテーブルには十五脚の椅子が設置されていた。駆と真悟は、出発前にサリーから、ニューヨーク本社をはじめとした他のオフィスから仲間たちが参加していることを伝えられた。その言葉通り、会場の中には、二人が所属する広告会社のために、二つの丸テーブルが用意されていた。

駆は、得意の英語と直感で、難なく、仲間たちが坐る席に合流することができた。国が違えども、同じ広告会社に属しているというだけで、大層な歓迎を受けた。アメリカのニューヨーク本社やデトロイト支社をはじめとして、ブラジル、アルゼンチン、イタリアなどのオフィスのメンバーは、誰もが一様にフレンドリーだった。

駆の隣には、大柄のアメリカ人男性がニコニコして坐っていた。世間話を交わしているうちに、北野武監督の大ファンということが判明した。大の映画好きな駆にとって好ましい話し相手だった。大柄のアメリカ人男性とは北野作品の話のみならず、世界中の映画作品や監督の話題に至るまで、大いに盛り上がることになった。

テーブルにはシャンパンをはじめ、ビールや赤ワインなど様々なアルコールが用意されていた。飲み干してしまっても、注文すれば、すぐに運ばれてくる。大柄のアメリカ人男性に釣られるように、駆は飲み続けていった。

気がつけば、駆も真悟もいい気分で酔っ払っていた。遠い国にいる仲間たちとの遭遇によって、いつになく気分は高揚していたのだ。駆や真悟だけではない。そのテーブルを囲むメンバーの誰もが、同じように感じている雰囲気が伝わってきた。そのうち駆は立ち上がって、自分のテーブルにいる仲間たち一人一人に挨拶をしていった。

酔いながらも駆は、時折、真悟の様子をチェックした。ことあるごとに、「英語は苦手なんです」と気落ちする男が、一旦酒が入ると人が変わったように積極的にコミュニケーションを図っている。しかも、話し相手は、爆笑を繰り返しているのだ。駆は、その光景を目の当たりにして、酒の偉大さについて想いを馳せるのであった。

テーブルについているメンバー全員と歓談しながら名刺交換を終えて、自分の席に戻ると、大柄のアメリカ人男性から「機会があれば、ニューヨークのオフィスにも顔を出しなよ」と言葉をかけられた。

駆は、映画の話に夢中になっていた余り、大柄のアメリカ人男性との名刺交換を忘れていた。改めて、挨拶を交わして、名刺を交換すると、大柄のアメリカ人男性は日本語で「ありがとう」と言い、駆に向かってウィンクをした。

駆は受け取った名刺に目が釘付けになった。何と、そこには、ニューヨーク本社のクリエイティブ役員という肩書きが書かれていたからだ。鳩が豆鉄砲を食ったような顔をしていると、大柄のアメリカ人は「大丈夫かい?」と尋ねてきた。駆は正直に「もう少しアルコールが必要みたいだ」と答えた。次の瞬間、大柄のアメリカ人は、腹を抱えて笑い声を立てた。幸いにも駆の回答がツボにはまったらしい。図らずとも、場は一層賑やかになった。

たっぷりと三時間ほどかけて、ディナーは終わった。テーブルを立ち去りがたい気持ちになったのは、仲間と共有した時間、及び、帰属意識からだった。国は違っても、元を辿れば、同じ広告会社に属するファミリーとも呼べる仲間なのだ。短いひとときではあったが、連帯感が生まれるのは必然だったのかも知れない。

アジアだけでなく、世界中に自分の仲間はいるのだ。そう考えることで、駆は心強く感じることができた。それが、本日の一番の収穫だったかも知れない。まだ飲み足りない様子のアルゼンチンの二人組に誘われて、駆と真悟は、野外に設置された二次会のパーティーへと向かった。

二次会の会場では、駆が以前勤めていた広告会社のロサンゼルス本社の重鎮であるクリエイターにも再会した。また、地元のマイアミで広告プロダクションに勤務しているプロデューサー、ニューヨーク出身でフリーの黒人ラッパー、アメリカのＴＶＣＭディレクターなど様々な面々と酒を片手に話をした。

男女問わずにエネルギッシュで社交的な人々がほとんどだった。

日本から参加するクリエイターは珍しいらしく、加えてパーティーに完全に溶け込んでいる日本人はさらに珍しいらしく、二人は出会う人々から温かく迎え入れられた。世界の広告界における社交会が垣間見られた貴重な時間だった。駆と真悟は、二次会のパーティーが終わるまで浮かれたまま騒ぎ続けていた。

7

翌朝、駆は頭痛と共に目覚めることになった。

真悟も起きるなり同じように頭痛を訴えていた。時間を確認すると、九時を廻っていた。二人は二次会が終わった後、千鳥足になりながらもホテルに戻ってきたのだが、同じホテルに滞在するメキシコ人であるクリエイターの三人組から「日本のアミーゴたちよ。もっと飲もうじゃないか」と声をかけられた。そして、結局のところ、明け方まで飲んだくれたのだった。

「うーん、頭がズキズキするよ」

「あの三人組、かなりの大酒飲みでしたからね」

「そうだったよな。何度、テキーラのショットで乾杯したか記憶にないよ」

「ハハハ。僕は五杯目まではかろうじて覚えているんですが。その後は、完全に記憶が飛んでますね」

「とにかく、人生で一番テキーラを飲んだ日だったことは違いない。あー、酔い覚ましにコーヒーを飲みたいな」

「ですね。あと、少しお腹に入れた方がいいかも知れないです」

二人はフラフラとしながら、朝食を摂るためにレストランへと向かった。

リゾートホテルということで、幸いにもメニューには変化が見られた。二人は熱いコーヒーを飲んだ後、消化のいいお粥を食べることにした。

「ふう、少しは落ち着いてきたよ」

「僕もです。マイアミで、お粥を食べるなんて予想外でしたけれど」

「ハハハ。そういえばさ、昨晩、マイアミ出身のプロデューサーと会う約束をしたことを思い出したよ」

「ああ、デビットでしたっけ？　駆さんと意気投合していましたよね」

「うん。俺さ、ついこの間、自転車を撤去されちゃってさ。返還手続きに行ったら、結構な金額を要求されたから、買い直そうと決めてたんだ。随分と長い間、乗っていたからガタもきていたしね。次は、ビーチクルーザーがいいかなんて。それで閃いたのよ。マイアミでなら手に入れられるんじゃないかって。それで、たまたまデビットに相談したら、今日モールに連れてってもらえることになったんだ」

「ああ、確かに。駆さん、そんなこと話してましたよね。ところで、何時に約束したんでしたっけ？」

「昼だよ。十二時にクリオ賞の会場で待ち合わせたんだ。ビーチクルーザーをゲットしたら、一緒にランチでもしようって話になってるんだ。だから、午前中は展示されているファイナリストの続きをチェックして、ランチを挟んで、また会場に戻ってこようぜ」

「了解です。午後は、アメリカを代表する二人のクリエイターの対談がありますからね」

「そうなんだ。その一人は、昨日、会場にいたけれど、実は以前、俺が勤めていたT社の重鎮なんだ。今日のメインイベントだから、見逃せないよ」

「ですね」

朝食を食べ終わると、二人は、会場のホテルへと向かった。

開催二日目は、午前中から賑わっていた。翌日の授賞式を目指して、多くのクリエイターたちが詰めかけてきたからだ。集まった者たちから発せられる熱量とざわめきで、会場は独特の空気を醸し出していた。

「ヘイ、カケル！」ファイナリストの展示を目で追っていると、何度となく声をかけられた。駆は余りにも多くのクリエイターたちと挨拶を交わしていたので、顔は覚えているのだが、相手の名前がはっきりしなかった。そんな時は「ヘイ、ブラザー」と言いながら、半ば誤魔化すのが常套手段になっていた。

二言三言と軽く挨拶を交わすと、皆一様にファイナリストの展示に戻っていく。目を皿のようにして、じっくりと他のクリエイターがつくった広告をインプットしている様子が伝わってきた。そんなライバルたちの真剣な態度に促されながら、駆は真悟と共に意識を集中していった。

「駆さん、もうすぐ十二時ですよ」

余りに集中するばかり、時間の経過を忘れていたようだ。サンキュー、と真悟に呟いて一旦、視察を切り上げることにした。デビッドを探しながら、会場を回っていると、エントランス口の横に設置された受付で手を振る姿が目に入った。

「ハイ、カケル。調子はどうだい？」

「あれから、またメキシコの連中から飲みに誘われてさ。起きがけは、酷い頭痛だったんだ。ようやく、軽くなってきたところさ」

「アハハ。クリオ賞の洗礼を受けたって訳だね」

「まあ、そういうことだね。一年分のテキーラを浴びた気がするよ」

「誰かに注目をされるってことは、いいことだよ。言い換えれば、その人間に魅力があるってことさ。あくまで個人的な感想になるけれど、広告賞の会場で出会う日本人クリエイターは、印象が薄い人が多い気がするんだ。きっといい人たちなんだろう。けれど、際立った個性が感じられない。それはクリエイターとしては、デメリットに他ならない」

「なるほど。そういう見解もあるんだね」

「広告賞の目的は、受賞することだけじゃない。世界中に散らばるクリエイターたちと繋がって、自分独自のネットワークを築くこと。さらには、自分自身のクリエイティブを発信した際、世界のどこかでそれを受け取ってくれる人がいると意識できるようになること。受賞なんかよりも、むしろそちらの方が重要なんじゃないかな」

「それは、とても理解できるよ。何かを生み出す時に、誰かの顔が浮かぶとクリエイティブが太く、濃くなるように感じるんだ。広告のメッセージは、一人でも多くの人に届けることが前提となっている訳だから、実際の世の中にはどんな人が暮らしているのか、あるいは、出来るだけ多くの種類の感情を理解しているのか。そういったことを意識できているかどうかが、ポイントになると思うんだ」

「つまり、どれだけ多くの人々を巻き込んでいけるかってことだね？」

「その通りさ。例えば、日本という島国からメッセージを発信しても、遠く離れたアフリカの国に住む子供たちの心にもしっかりと届けることができる。彼らを笑わしたり、泣かせたり、あるいは、彼らに生きる勇気を与えて、自分らしい人生を送る大切さを伝えられる。俺は、そういうクリエイティブをつくることを夢見ているんだよ」

「素晴らしい。いつか君はそれを成し遂げるだろうね。僕は、それを心待ちにしているよ」

「ありがとう。俺は、必ずやってみせるよ」


駆は真悟と一緒にデビットのステーションワゴンに乗った。そして、マイアミのショッピングモール内にある自転車専門店へと案内してもらった。駆の予想通り、数種類のビーチクルーザーがディスプレイされていた。その中から、駆がチョイスしたのは、コースターブレーキ（ペダルを逆回しするとブレーキがかかる）のタイプだった。色は黒で、独特のフォルムをしている一台だ。今すぐにでも、ビーチで乗ったら気持ちが良さそうな印象を抱いた。おまけに日本でのプライスの三分の一ほどと手頃なものだった。知らず知らずのうちに、駆の表情にはビッグスマイルが浮かんでいた。

ビーチクルーザーは、畳一枚くらいの大きさの段ボールに詰められて引き渡された。このまま日本まで運んでから、組み立てるように説明を受けた。駆は真悟に手伝ってもらって、駐車場まで段ボールを運んだ後、デビットのステーションワゴンのラゲッジスペースへと積み込んだ。

それから、デビットはお勧めのメキシカンレストランへと車を乗りつけた。

「ここのタコスは絶品なんだ。きっと気に入ると思うよ」

その言葉通り、駆と真悟は舌を鳴らした。

「最高に旨いよ」

「これまでに食べたタコスで一番ですね」

無邪気に喜ぶ二人を眺めて、デビットは白い歯を見せた。

「残念ながらマイアミには、郷土料理というものはないんだ。けれど、多くの移民がいる場所だから、メキシカンレストランが数多くあるのさ。その他にも、キューバ料理を出すレストランも多いんだよ」

ランチが終わるとデビットは、二人をホテルまで送ってくれた。

「今日は、これからオフィスでミーティングがあってね。来週、撮影の予定になっていてちょっとバタバタしているんだ。でも、明日の授賞式には必ず顔を出すので、また、一杯やろう」

駆はデビットと固い握手を交わした。そして、ホテルのエントランスで、デビットのステーションワゴンが見えなくなるまで見送った。

「駆さん、いい買い物をしましたね」

「そうだな。何よりもデビットに感謝しなくちゃ。忙しいのに、わざわざ俺のために都合をつけてくれたんだろうからな」

「いい人でしたよね。僕だったら、知り合った翌日にあそこまで協力ができるか疑問です」

「デビットは、きっと困っている奴を見過ごせない性格なんだろうな。いい友だちができたと感じるよ。もし、彼が日本に来ることになったら、ちゃんとお返しをしなきゃいけないな」

「ですね。何かご馳走してあげましょうよ。寿司とか、焼き鳥とか、すき焼きとか」

「いいね。正真正銘の日本食を案内してやろう」

ビーチクルーザーが入った段ボールは、部屋に持ち込むのは一苦労なので、フロントに預ける相談をしてみた。金髪の若い女性は、快く承諾してくれた。時間を確認すると、午後三時前だった。もうすぐ、メインイベントである対談の時間である。駆と真悟は、再び、会場のホテルへと向かった。

アメリカを代表する二人のクリエイターの対談ということで、会場は多くの人々で賑わっていた。ステージの上に二人が現れると、拍手と共に大きな歓声があがった。二人のクリエイターは、どちらも自信に満ち溢れながらパフォーマンスを見せた。話の内容も面白いだけでなく、クリエイターにとってためになるものだった。駆は一言も聞き逃しがないように意識を集中させた。

優れた一つのアイディアに辿り着くためには、百のアイディアを考え抜かなければならないこと。二十四時間、例え、夢の中でもアイディアを考え続けること。二人共にそういった夢の中でのビジョンに従って、クリエイティブをつくった過去があることを告白した。二人が実際に手がけたTVCMをモニターで流すと、クリエイターたちから拍手喝采が沸き起こった。TVCMは、駆も真悟も見たことがあるものがほとんどだった。対談は盛況のままにクロージングを迎えた。

「駆さん、すごかったですね」

「うん。とても有意義な時間だったな。いつかは、あの二人を越えなきゃならない」

「うーん。それは、途方もなく高い目標ですね。でも……」

「でも？」

「不可能ではないと思います。同じ人間なんですから」

「そうだよな。真悟、お前と二人なら、可能だと信じているよ」

「僕も駆さんとなら、できると信じています」

その後、二人はカクテルパーティーに参加した。会場は、前日よりも多くのクリエイターたちで活気づいていた。浮かれた輪の中心にいたのは、対談をした二人のクリエイターだった。駆は意を決して二人に近づいた。それから、酒の勢いも借りながらではあったが「世界の広告界のゲームをひっくり返してみせる」と二人の目の前で宣言した。

二人のクリエイターは、若武者を歓迎するような大将の如く「楽しみにしているよ」と笑顔を覗かせた。


翌日、駆も真悟も、早朝に目が覚めてしまった。

遂に今夜、受賞者が決定するのだ。それを考えると、どこかソワソワしてしまうのだった。とはいえ、授賞式は夕方からである。発表後には、クロージングパーティーも予定されている。二日間に渡り、会場の展示は隅から隅までチェック済みだったので、授賞式とパーティーに備え、夕方まで宿泊先のホテルにあるプールで過ごすことにした。

「ずっと飛ばしてきたから、ちょっとペースを落としてリラックスしようぜ」

そんな駆の言葉通りに、敢えて二人はぼーっとした時間を持つことにしたのだった。幸いにもマイアミに到着して以来、晴天は続いていた。今日も見渡す限りに青空が広がっている。プールサイドのデッキチェアに横たわって、遠くに聞こえる波の音に耳を澄ましていると、次第に眠気が襲ってきた。目を閉じて何度か大きく深呼吸をすることで、駆も真悟も夢の世界へと誘われていった。

二人共に人生で初めての広告祭参加ということで、思ったよりも負荷がかかっていたのだろう。何度か目が覚めるのだが、暫くすると、再び、うとうとしてしまうのだった。昼時はパスタとピザのランチを摂ったのだが、腹が膨れると、同時にまたしても意識が遠ざかっていくのだった。

次に目覚めた時には、日が西に傾いていた。

「はーあ、よく寝たな。真悟、そろそろ動き始めようぜ」

「はい。あっ、もう四時になってますね」

二人は部屋に戻って、シャワーを浴びた。それから、素早く着替えて、授賞式に出席するために出発した。街中を歩いていると、夕刻の心地よい風が頬を撫でていく。

「あーあ、この風景とも明日にはお別れなんだな」

「名残惜しいですね。何か、あっと言う間でした」

「それは、俺も同じさ。けれども、この旅を終えなければ、次の旅には行けない。真悟、俺たちのクリエイティブの旅は、まだ当分、終わりそうにないからな」

「その通りですね」

授賞式の会場は、人々で溢れていた。誰もが目一杯のお洒落をして、所々で歓談をしている。映画館のように大きなスクリーンの横に設置されたテーブルには、幾つかのトロフィーが並んでいる。ファイナリストを経て、受賞が決まった者だけが持ち帰ることができる代物だ。この会場の中で、幸運の女神に微笑まれる者は限られている。期待と不安、緊張と希望。会場の室内には、様々な思惑が立ち込めていた。

司会の男性がマイクで話しはじめると、それまでのざわめきがピタリと止んだ。いよいよ授賞式のスタートだ。誰もが固唾を飲みながら、司会者の言葉に耳を傾けている。駆と真悟も、全神経を集中させた。

カテゴリーごとの受賞作が、次々と発表されていく。やがて、ポスター部門の発表となった時、駆は心の中で十字を切った。真悟は、目を閉じて、両手を固く握りしめた。

「ポスター部門の受賞者は、ノルウェーの……」

その言葉を聞いた瞬間、駆は愕然となった。自分たちと同じクライアントを扱ったチームが受賞したからだ。瞬きもせずに駆の顔を覗く真悟に対して、ただかぶりを振るしか術はなかった。

真悟が大きく肩を落とすのが分かった。

暫くの間、二人は言葉を失っていた。

「やられたな」ようやく駆が口を開いた。

「やられましたね」真悟はおうむ返しに言った。

受賞者がステージに上がって、トロフィーを高々と掲げている。駆と真悟は、その姿をしっかりと目に焼き付けていた。

8

「コクトべ」の山頂からの景色は、まさに絶景だった。

アルマトイの街が一望出来るだけでなく、遥か遠くの方まで眺望が広がっている。このカザフスタン最大の街アルマトイを囲んでいるのは、砂漠だ。ゆらゆらと幻想的に揺れる地平線を眺めていると、ここがシルクロードの通過点であることを実感することができた。

古代の中国と西洋を結んだ交易路。駆が旅をしている中央アジアには、東西の様々な人々が行き交った歴史が色濃く根付いている。

カザフスタンには教会やモスクが隣接しており、マーケットにはイスラム教の禁忌である豚肉も並んでいる上に、レストランではアルコール類も品数多く提供されていたりする。様々な文化が融合されて、様々な人種が混じり合った末に出来上がった唯一無二のミックス・カルチャー。この国に流れている独特の空気感は、世界中を旅してきた駆にも新鮮に感じられるのだった。

シルクロード。駆は途方もなく長い道のりを想いながら、自らが辿ってきた広告界での道のりにも想いを馳せた。いつの間にか、駆の心は過去へと再びトリップをしていた。

＊

マイアミへの視察旅行の後、駆は慎吾と精力的にクリエイティブに打ち込む日々を過ごしていた。新規アイディアを生み出しながら、同時に、過去の事例を徹底的に頭に叩き込んでいったのだ。歴代の Cannes Lions で受賞したフィルムを繰り返しチェックして、Cannes Lions が特集されている『広告批評』のバックナンバーを精読して、より深い考察に至る日々を送っていた。さらには、世界的な広告雑誌『Lürzer's Archive』を定期購読して、デイリーな情報収集にも余念がなかった。二人共にファイナリスト止まりだった屈辱感をバネにして、一歩でも前進したかったのだ。

駆と真悟は、時間があればクリエイティブの話を交わすようになっていた。仕事をしている時のみならず、プライベートで遊びに出かける時でも、顔を合わせればクリエイティブの話で熱くなった。半年が過ぎ去ろうとしていた時、突然に、朗報は飛び込んできた。

二人が制作したポスターは、惜くもクリオ賞と Cannes Lions を逃したのだが、ロンドン国際広告賞のファイナリストに引っかかったという知らせだった。駆はサリーから受け取ったファイナリストのリストに目を通した。目を皿のようにして、アルファベットの文字を辿っていく。ラッキーなことに、ライバルである、あのノルウェーチームはリストアップされていなかった。「今度は、いけるかも知れない」。そんな台詞が駆の口から咄嗟に吐き出された。真悟の顔を覗くと、同意を示すように頷いている。

気がつくと二人揃って、サリーにロンドン国際広告賞の授賞式への出張を直談判していた。クリオ賞の結果は報告してはいたが、改めて順を追いながら経緯を説明すると、サリーはその場でゴーサインを出してくれた。

駆と真悟は、現行の仕事のスケジュールを調整して、秋風が吹く中、ロンドンへと旅立った。ロンドン国際広告賞は、特に展示などはなく、授賞式の一発勝負で決まる日程が組まれていた。現地三泊四日の強行スケジュールではあったが、駆と真悟には微塵のためらいもなかった。

ヴァージン・アトランティック航空のアッパークラスの座席は、ほぼフラット状態になった。前日まで多忙を極めていた駆と真悟は、熟睡することで鋭気を養っていった。そのおかげだろう。ロンドンのヒースロー空港に到着した頃には、二人揃ってエネルギーに満ち溢れていたのだった。

「駆さん、あっという間に着きましたね」

「お前、爆睡していたもんな。ジェットエンジン音に混じって耳に入ってくるほど、高らかないびきをかいて」

「マジっすか? 僕は、何度か、駆さんのいびきで目を覚ましたんですけどね」

「アハハ、そうか。まあ、いずれにしろ、よく眠れたってことだな」

「ですね」

「その証拠に、随分とスッキリとしているよ」

二人は、バゲッジ・クレームで荷物をピックアップした後、足早にタクシー乗り場へと向かった。黒塗りのクラシックなタクシーのバックシートにもたれると、ようやく英国にやって来た実感が湧いてきた。

今回のホテルは、ロンドンの中心地であるナイツブリッジ付近に選んでいた。その理由は、駆と真悟の勤務する広告会社のロンドン支社があるエリア内だったからだ。そのオフィスには、グローバルのクリエイティブのトップであるロバート・トーマスがいる。二人は、滞在中に訪問する計画を密かに立てていたのだった。

ホテルは、高級デパートのハロッズから、五分ほどの場所に位置していた。こぢんまりとした建物ではあったが、洗練された内装とインテリアが施されていた。ベルボーイやフロントマンなど従業員の対応も迅速で、そつがなかった。

「駆さん、流石にジェントルマンの国と言われるだけありますね」

「そうだな。アメリカ人のダイナミックさには圧倒されることが多いけど、その一方でイギリス人の立ち居振る舞いは、俺たち日本人にもしっくりとくる気がするよ」

「ですよね。錯覚かも知れないけれども、東京にいるかのような感覚がしています」

「分かるよ。何となく気持ちが落ち着く感じだよな」

二人が案内された部屋にはバルコニーが付いていた。そのバルコニーからは、見事に手入れがされた庭が見えた。緑に混じって、色とりどりの花が顔を覗かせている。赤、白、黄色、それぞれの花が、鮮やかで気品のある色彩を放っているのだ。

「わあ、綺麗な庭ですね。海沿いのホテルもいいけれど、こういった緑に囲まれたホテルもいいもんだなぁ」

「ああ。ロケーションは街中なのに、とても静かだし。何となく、隠れ家のような雰囲気もあるしな。まあ、今回のホテルも当たりってことだな」

「駆さんのホテル選びにはいつも感心させられますよ。きっと、旅慣れているからでしょうね。これまで何ヶ国を旅したんでしたっけ？」

「四十ヶ国くらいかな。でも、いつも、こんな高級ホテルに泊まっている訳じゃないんだよ。バックパッカー時代には、安宿は勿論のこと、相当変わった宿なんかにも泊まったしね。辺境の地とかは宿の数も少ないから、そもそも選択の余地だってないんだ。けれども、思い出深いというか、今でも心の中に鮮やかに甦ってくるのは、快適なホテルというよりも、変な体験をした宿だったりするんだ。不思議なことにね」

「へえ。それは興味深いですね」

「うん。だからこそ、旅は止められないのかも知れない」

二人はシャワーを浴びてから、ホテル近辺を散策してみることにした。

大通りのブロンプトン・ロードへ出て、数ブロックほど歩くと、高級デパートのハロッズが目に入ってきた。夕暮れ時に眺めるハロッズは、美しくライトアップされていて、まるで古城のような風格さえ感じられた。

華やかなウィンドウ・ディスプレイを横目にしながら、通りを流していく。目に飛び込んでくるロンドン名物のダブルデッカーが旅情を掻き立てる。その後ろ姿を見届けて、二人は心の赴くままに路地へ入っていった。間もなくして右手にパブが姿を見せた。駆と真悟は、暗黙の了解の如く、重厚な木製の扉に手をかけた。

扉を開いた向こう側では、薄暗い空間の中で、若者から老人まで幅広い年齢層の男たちが各々の時間を愛でていた。さながら秘密基地のような気配が感じられる。カウンターには、常連客の男たちがビールを片手に話を交わしていた。カウンター内のバーテンは、時々、相槌を打ちながら男たちの話に加わっている。駆と真悟は、空いていた丸テーブルに陣取った。それから、ギネスの生ビールをパイントで注文することにした。

ビールサーバーの注ぎ口から、褐色の液体が大ぶりなビールグラスへと注がれていく。バーテンは手慣れた様子で、手際よく二杯の生ビールを用意してくれた。

「いやー、旨そうだな」

「何と言っても、本場のパブですからね」

駆と真悟は、「チアーズ！」と言いながらビールグラスを重ねた。カーンという小気味よい音が店内に響き渡った。そして、二人は褐色の液体を身体に流し込んでいった。

「旨い！」思わず二人の声が、オーバーラップした。

その語感が珍しかったのか、一人で飲んでいたアジア系の男が振り向いた。二人と目が合った瞬間、アジア系の男は、屈託のない笑顔で話しかけてきた。

「君たちはどこから来たんだい？」

「日本だよ」駆は応えた。そして、アジア系の男の物言いたげな様子を確認して「東京からさ」と付け加えた。

「ワオッ、いいね。東京には、二度、訪れたことがあるんだ」

「へえ。ところで、君の出身はどこなんだい？」

「香港さ。僕は商社に勤めていて、ロンドンには出張でよく来るんだ。君たちもビジネスなのかい？　それとも観光かな？」

「まあ、ビジネスだね。俺たちは、広告界で働いているクリエイターで、今回は、ロンドン国際広告賞の授賞式に参加するためにやって来たんだよ」

「すごいじゃないか。賞を獲得するなんて」

「いや、最終審査はまだなんだ。何しろ、授賞式当日まで分からないんだよ。因みに、授賞式は、明日の晩なんだけどね」

「そうなんだね。ところで、自信の程は？」

駆は真悟にチラッと目配せをしながら、「勿論あるよ」と自信に満ちた声で言った。

するとアジア系の男は、嬉しそうに何度も頷いた。それから、「僕の名前は、リー。僭越ながら、明日の受賞を祝わせてもらえるかな？」そう言うなり、カウンターの中にいるバーテンにギネスビール三杯の注文を入れてしまった。どうやら、駆と真悟にご馳走をしてくれるようだ。

駆と真悟はお互いの顔を見合わせて「悪い奴じゃなさそうだ」「僕もそう感じます」と目で会話をした。間もなくすると、バーテンから声がかかった。リーは、並々に注がれた三杯の生ビールを器用に運んできてくれた。

「チアーズ！」

「ゴンブイ！」

「乾杯！」

三つのグラスが勢いよく重なった。酒は、初対面の人々を近づけてくれる魔法の飲み物だ。「酒は国境を越える」。駆のモットーは、ロンドンの街角でも証明されたのだ。

いつの間にか、ほろ酔い気分になった三人は、すっかりと打ち解けていた。グラスの中のビールがなくなると、リーはお代わり分まで振る舞ってくれた。アジア出身という同郷のよしみ（かなり広範囲ではあるが）が手伝って、急速に親しくなれたのは言うまでもない。気がつけば、二時間ほどが経過していた。

「リー、ご馳走様。楽しい時間をありがとう」

「こちらこそ、楽しかったよ。カケル、シンゴ。明日の授賞式では、君たちが勝利を掴むことを祈っているよ。グッドラック」

「ありがとう。祈っていてくれ」駆と真悟はリーに向かってしっかりと伝えた。

「ところで、駆さん。僕、腹減りました」

「俺もさ。つい話に夢中になって、まだ何も食べてなかったよな。リー、この街でおすすめのレストランはあるかい？」

「うーん、そうだなあ。飛びきり美味しい訳じゃないけれども、とてもユニークな中華料理屋があるんだ。店名は『ワン・ケイ』。そこは、世界で最も失礼な中華料理屋として、ロンドン名物にもなっているほどなんだよ」

「世界で最も失礼な中華料理屋？」駆と真悟の素っ頓狂な声が被った。

「そう。場所はチャイナタウンにあるんだ。ここからだと、メトロで三つ目のピカデリー・サーカスという駅で降りればいい。駅から歩いて五分くらいさ。もし、迷ったら、通りがかった人に尋ねてみれば、教えてくれるはずさ。それくらいにロンドンでは有名なレストランだからね」

「世界で最も失礼な中華料理屋か……」駆も真悟も、既に興味津々となっていた。一体全体どんなに失礼なんだろうか。もし、そんなレストランが東京にあれば、直ちに潰れてしまうはずだ。しかし、ここはロンドンだ。そんな常識外れなスポットだって充分に成立するのかも知れない。二人の中で、妄想はどんどんと膨らんでいった。

「物は試しだ」という言葉がある。その言葉が、好奇心が旺盛な駆と真悟を捉えて離さなかった。結局、どちらからともなく「とにかく行ってみよう」ということに落ち着いたのだった。半分は、怖いもの見たさ。半分は、酒の勢いを借りながら。となれば、善は急げである。二人は、リーと固い握手を交わしてから、パブを後にした。

リーのガイダンスに従って、二人はメトロに揺られてピカデリー・サーカス駅で下車した。地上に上がると、チャイナタウンへの行き方を道すがら尋ねた。経路は至って簡単だった。世界で最も失礼な中華料理屋である「ワン・ケイ」も、すぐに見つかった。

恐る恐る入店をしてみると、苦虫を噛み潰したような形相をした中国人のウェイターが「ダウンステア！」と怒鳴りつけてきた。どうやら、地下へ行けと言っているようだ。駆と真悟は、苦笑いをしながら階段を下っていった。

空いているテーブルを探して席に着くと、別の中国人のウェイターが箸や取り皿を投げるように置いていった。正確に言えば、置くのではなくて、ほっぽり投げたのだ。仏頂面をしたウェイターは敵国の兵隊を睨むかのように、駆と真悟にガンを飛ばしてきた。目には剥き出しの怒りが宿っていた。二人共に知らず知らずのうちに、姿勢を正していた。

「落ち着こう」

「落ち着きましょう」

お互いに小声で言い聞かせた。すぐに、メニューを開いてみるのだが、ウェイターがイライラしているのが手に取るように伝わってきた。何とも言えない緊張感が襲ってくる。自分たちは捕虜にでもなってしまったのだろうか。そんな思いが自ずと込み上げてきた。

ようやく、注文を済ませたのだが、妙に落ち着かない。完全に店側のペースに持っていかれてしまっているのだ。

「駆さん、何だか、とんでもない所に来てしまいましたね」

「真悟、こんな体験は滅多にないんだから、辛いけれども楽しもうぜ」

「僕には自虐的な行為にしか思えませんが」

「まあ、世界は限りなく広いんだ。こんなレストランがあるということを知る。これも視察旅行の一環、あるいは、俺たちのクリエイティブ研修だと捉えようじゃないか」

「……はい」

注文したワンタンスープと卵のチャーハンがテーブルに運ばれてきた時、駆と真悟は、再び、唖然とせざるを得なかった。目の前には、遥かに想像を越えた量の二品が並べられている。どう考えても、大の男二人でも食べきれないほどのボリュームなのだ。一体、何の嫌がらせなのだろうか。とはいえ、仏頂面のウェイターは（早く食え）とでも言いたげに睨みを利かせている。そんなプレッシャーに半ば押しつぶされそうになりながら、二人共に箸を取った。

しかし、スープとチャーハンを一口味わってみると、二人は顔を見合わせた。

「駆さん、ここの料理、かなり旨いですよね」

「真悟、本当にそう思うか？」

「はい。そう思いますが、何か？」

「よかったよ。俺の味覚がどうにかなってしまったと思ってさ。この中華料理屋、失礼なのは態度だけで、味は意外と、いや、充分にいけるじゃないか」

「ですよね」

「しかも、物価が高いと言われているロンドンで格安ときている」

「ええ。これだけのボリュームで数百円なんて。確かに激安ですよね」

予想に反して美味だったからなのか、緊張の糸がプッリときれたからなのか。二人はシンクロして、猛烈な食欲に見舞われることになった。終始無言になって、ガツガツと平らげていった。ハリー・ポッターの魔法でもかけられたように手が止まらないのだ。あれほど無理な量だと感じていたはずなのに、いつの間にか、完食してしまった。残さずに食べ終えた二人は、達成感さえ感じたほどだった。

「真悟、遂にやったな」

「駆さん、お疲れさまでした」

フライトの時差のためか、前代未聞の中華料理屋のためか、二人共に言うことが少しおかしくなっていることに気づいた。思わず、同時に吹き出すと、場は少しだけ和やかなものに変わっていった。

「チェック プリーズ」精一杯の愛想を込めて駆が仏頂面のウェイターに告げた。しかし、やはり、世界一失礼な中華料理屋というだけのことはある。仏頂面のウェイターは、お釣りを投げてよこしたのだった。


中華料理屋から脱出した後は、ピカデリー・サーカス付近を腹ごなしに散策することにした。チャイナタウンからの徒歩圏内には、背広の語源にもなった「サヴィル・ロウ」という通りがある。二人は、その通りを目指して歩きはじめた。ライトアップされたロンドンの街並は、幻想的で美しかった。ライトの色は黄金色だけでなく、場所によってはパープル、ピンク、グリーンなどの色も使われていた。ヨーロッパの街は、昼と夜でがらっと印象が変わる。例えるなら、ロンドンは、シックな夜会服に着替えた紳士や淑女のように感じられた。

「駆さん、街のライトがとてもセクシーですよね」

「そうだな。こういった英国人ならではの色彩感覚はたまらないな。俺たちにとってみれば、かなり刺激的な試みに感じられる。東京の街中でも、こういうクリエイティブなライトアップが採用されたらいいのに」

「そうですよね。新宿の歌舞伎町なんかだと、夜になっても、やたらと明るくて落ち着かないんですよ。どこもかしこも、ギラギラしていて。それに比べたら、ロンドンは大人の街という雰囲気が漂っていますよね」

「確かにな。しかも、ライトの色一つにも、遊び心が感じられる。英国人っていえば、堅実で真面目なだけの印象があったけれど、それはステレオタイプなイメージなんだってことに気づいたよ。やっぱり実際に見たり、聞いたり、味わったりしなければ、物事の本質は見えてこないんだな」

「はい。何よりも大事なのは、体験ですよね。さっきの中華料理屋だって、そうだったように」

「アハハ、全くだな。いい体験をさせてもらったよ」

やがて、二人は「サヴィル・ロウ」に到着した。狭い通りの両側には、四〜五階建ての低層ビルが立ち並んでいる。通りを奥の方へ進んでいくと、テーラーの看板が所々に見えた。店舗によっては、洒脱なウィンドウ・ディスプレイが施されている。ディスプレイのみならず、服を魅力的に見せるためのライティングも緻密に計算されていることが理解できた。

「駆さん、素晴らしいアートディレクションですね。眺めているだけで、様々なことが学べますよ」

「真悟、クリエイターの差は、観察眼の差だよ。同じものを目にしたって、一つしか連想できない奴もいれば、十ものことを連想できる奴だっている。ミーティングでブレイン・ストーミングをする際は、どれだけ自分の中にストックできているかが、ものを言う。だからこそ、常日頃から、観察して、自らの意識の中に貯金していくことが大切なんだ」

「はい、よく分かります。考えてみれば、世の中には、アートディレクションやデザインが数多く存在しますよね。絵画だって、ファッションだって、建築だって、最終の形になるまでには、かなりの時間が費やされているものですよね。その過程には、意図や狙いがあるし、作り手の世界観が随所に散りばめられています。それらを汲み取ることができるか、否か。結局は、その力量の差が、一流クリエイターになれるか、なれないかの分かれ道になっているんだと思うんです」

「その通りだな。一枚の絵画、一枚のTシャツ、一軒の家。規模の違いはあるけれども、当然の如く、作り手の意思が働いているものだ。何故、このデザインになっているのだろう？　何故、この配色がされているのだろう？　そうやって想像してみるだけでも、クリエイティブのトレーニングになる。広告の分野だけじゃなくて、むしろ、広告ではない別の分野にも見識を広めることで、どこにもないクリエイティブを生むことが可能になる。俺は、そう信じているよ」

「そうですね。僕も、いつか世界中を驚かせるようなクリエイティブを生み出したい。駆さん、是非、一緒に世界のトップを目指しましょう。僕は、必ずできると信じています」

「オッケー。その想いを、情熱を、絶対になくさないでくれよ」

「はい」

「喋りすぎて、少しばかり喉が乾いてきたな」

「ハハハ。僕もですよ」

「じゃあ、駅に戻りつつ、どこかのパブで一杯やろうぜ」

「了解です。何だか、とても楽しいなあ」

二人は「サヴィル・ロウ」から、駅へと引き戻した。途中で来た道を一本逸れると、左手に人だかりができているのを遠目に見ることができた。近づいていくと、予想していた通りにパブだった。客たちは店の外にも溢れて酒を酌み交わしていた。

「ここ良さそうだな」

「ええ。入りましょう」

パブの中に一歩踏み込むと、所狭しと人々が歓談している姿が目に入った。混み合った店内の中を掻き分けながら、二人は注文をするためにカウンターへと向かった。それにしても、あちこちから騒ぎ声が聞こえてくる。まるで、ライブハウスのような喧騒感だ。ようやくカウンターに辿り着いた二人は、おびただしいほどに並ぶビールサーバーに目が釘付けになった。

「駆さん、すごい種類がありますね」

「だな。しかも、見たことがない銘柄ばかりだぜ」

「どれにします？」

「ギネス以外がいいな。リーに散々、飲ましてもらったからね。うーん、そうだなあ。俺はＩＰＡにするよ」

「僕もそれが気になっていたんですよ。同じものを注文してください」

「分かった」

駆は客が途切れるのを見計らって、カウンター内のバーテンにIPAを注文した。まわりが騒がしいので、つい、大声になった。それでも、バーテンの耳には届かない。今度は、腹に力を込めて伝えた。いや、叫んだ。

バーテンは、駆に向かって親指を立てるジェスチャーを示した。オーダーは無事通ったようだ。駆は、ほっと一息ついた。バーテンは、キレのいい動きでビールグラスの中に黄金色の液体を注いでいった。間もなくして、IPAの生ビールが二つ差し出された。駆は料金を支払った後、戦利品を手にして真悟の元へと戻った。

「チアーズ！」二人は、二軒目のパブでも英国流に乾杯を交わした。

喉が渇いていた上に、大声を張り上げて喉がヒリついていた駆は一気に液体を流し込んでいく。そんな様子に釣られて、真悟もグビグビと喉を鳴らしながら液体を勢いよく飲み干していった。

「あー、生き返ったー。味わい深いビールだなあ」

「くうー、ヤバいです。パブのビールは癖になりそうです」

「俺もだ。もう一杯いくか？」

「望むところですよ。できれば、違う種類がいいですが」

「次は、真悟が選べよ」

「では、あのロンドン・ピルスナーにします。せっかくロンドンに来ているので」

「じゃあ、俺もそれでいいわ」

「オッケーです。では、今度は僕が注文してきますね」

真悟はそう言うなり、カウンターへと突進していった。先程の駆の様子をしっかりと眺めていたのだろう。バーテンに向かって、両手を口にかざして注文をしたのだった。その結果、バーテンは一発でオーダー内容を理解した。そして、真悟は戦利品を手にして意気揚々と駆の元に戻ってきたのだった。

「真悟、お前、やるなあ」

「いやいや。さっき、駆さんが手こずっていたのが分かったんで、僕なりに苦肉の策を講じてみたんですよ。実は、小学生の頃、ボーイスカウトに参加していましてね。それで、あの時のことを思い出して、こうやって声を張り上げてみた訳です」

「アハハ。お前、最高だな」

「ありがとうございます」

「だからか、バーテンも驚いた様子だったのは」

「はい。僕の声が大きすぎたのか、ビクッとしていました」

「アハハハハハ、もう止めてくれよ。やっぱり、お前、最高だな」

真悟のアクションがツボにハマった駆は、ひとしきり笑った。その様子を目の当たりにした真悟も、駆の笑いが伝染してしまったようで腹を抱えて笑い出した。すると、再び、駆も火がついたように笑い返す。二人共に笑い過ぎて、なかなかビールを口につけることができず仕舞いだった。

数分後、ようやく笑いが収まった二人は「チアーズ！」と勢いよく飲み出した。そして、その勢いに乗ったまま二人合わせて十杯ものビールを平らげたのであった。

9

翌朝、駆は、鳥の甲高い鳴き声で目覚めた。

時間を確認すると、八時だった。ベッドから抜け出して、バルコニーで朝日を浴びていると、間もなくして真悟も起き出した。

「おはようございます」

「おはよう」

「駆さん、海外では、いつも早起きですね」

「うん。何だか、旅先では自然と目覚めてしまうんだ。環境の変化に身体が反応しているからなのか、旅独特の緊張感からなのか、あるいは、それらのどちらもなのかは、分からないんだけどね」

「いずれにしても、早朝に目覚めるのは健康的ですよ。それにしても、昨夜もかなり飲みましたね」

「そうだな。浴びるように飲んじまったよな。途中で、真悟が腹減ったと言って、フィッシュ&チップスを注文したのは覚えてるか?」

「あー、そういえば食べましたね。イギリスの飯は旨くないと言われていますが、まあまあでしたよね」

「まあね。俺たち、かなり酔っ払っていたからな」

「飲んだ後、締めのラーメンを食べるような感じでしたね」

「それほどまでは、旨くはなかったけど」

「ハハハ、確かに。うーん。ラーメンの話をしたら、ラーメンが食べたくなってきちゃいましたよ」

「ロンドンだったら、きっとあるだろうな。でも、正直なところ俺はカレーが食べたいんだ。インドはイギリスの植民地だっただろう。だから、上手いカレーを食べさせるインド料理店は間違いなくあると睨んでいるのさ」

「なるほどですね。では、帰国するまでにカレーとラーメンを食べましょうよ」

「いいね。旅をしていると、日本で食ってるものが無性に恋しくなってくるんだよな」

「その感覚は僕も理解できますよ」

「ところで、今夜の授賞式。先方からの案内では、夕食会も兼ねてという内容だったと記憶しているんだが」

「はい。確か、午後七時よりスタートとのことでした」

「そうだったよな。なら、それまでの時間を使って、ロンドン観光をしようじゃないか」

「いいですね」

「真悟、どこか行きたいところはあるか?」

「僕、バッキンガム宮殿とタワーブリッジが観たいです。駆さんは?」

「俺は、大英博物館だな。余り詰め込んでも仕方がないから、三ヶ所に絞ろう」

「ですね」

「まあ、とりあえずは朝食だな。このホテルの朝食、評判いいみたいだぜ」

「そうなんですね。じゃあ、そろそろ動き出しましょうか」

二人はシャワーを浴びてから、着替えをした。それから、チェックイン時に案内された一階のレストランへと向かった。受付で名前を告げると、黒髪をなでつけた長身のウェイターが席の案内をしてくれた。壁一面がガラス張りになっていて、手入れされた庭が間近に見える。真っ白なテーブルクロスには清潔感が感じられた。二人が席に着くと、長身のウェイターはテキパキとした動きで給仕をはじめた。

運ばれてきた皿には、ベーコンや目玉焼き、ソーセージ、ベイクド・ビーンズが並んでいた。別の小皿には、シンプルなトーストが添えられている。一見、質素な感じではあったが、味つけは手が込んでいて、心から満足することできた。とりわけ、ティーポットに入った紅茶は味わい深く、何杯もお代わりをしてしまった。普段、二人共にコーヒー派なのだが、紅茶の国にいるということで、郷に入れば郷に従ったのである。そんな訳で二人はたっぷりと時間をかけて朝食を堪能したのだった。

外出時には、コンシェルジュに目的の観光地への行き方を尋ねた。同時にロンドン国際広告賞の授賞式が開催される場所も伝えた。勿論、午後七時には遅れてはならない旨にも触れて。その結果、まずはバッキンガム宮殿へ行き、次にタワーブリッジ、そして、ラストに大英博物館へ周るルートを勧められた。コンシェルジュは、丁寧にロンドンのマップに四ヶ所のマークを入れて手渡してくれた。

ホテルの外へ一歩出ると、穏やかな秋風が頬を撫でていった。

「駆さん、何だか気持ちがいいですねえ」

「ああ。天気もいいし、今日は絶好の観光日和かもな」

二人揃って見上げると、青空が広がっていた。秋のロンドンは降水量が多い、とは聞いていたのだが、幸いにも秋晴れの様相だった。二人は足取り軽くナイツブリッジ駅へと向かった。

メトロに乗って、隣のハイド・パーク・コーナー駅で下車する。コンシェルジュに案内された通りに、地上口からは歩いてアクセスを試みた。銅像が飾られた石造りの記念門を潜って、自然の風景が広がる公園脇の道を進んでいくと、間もなくして、ロンドンの象徴とも称されるバッキンガム宮殿へ辿り着いた。

「駆さん、壮大ですねえ」

「うん。見ているだけで、イギリスの歴史を感じさせてくれるよなあ」

「あー、あそこ。もうすぐ十一時なんで、衛兵交代式が行われるんじゃないですかね」

「そうか。道理で観光客が多いと思っていたんだ。まあ、俺たちも観光客には違いないんだけどな。間近で見られるところまで行ってみようぜ」

二人は正門前まで移動した。昨夜のパブと同様に、身動きが取れないほどに混み合っている。それでも何とか人混みを掻き分けて、絶好のポイントを確保したのだった。

やがて、宮殿の警備に当たっている衛兵が、新しい衛兵と交代する儀式がはじまった。

黒くてふわふわの長帽子を被り、赤い制服を着た衛兵たちが、楽器隊や騎馬隊と共に一糸乱れぬパフォーマンスでパレードをする姿は圧巻だった。キビキビとした動きは、感動を覚えるくらいに美しかった。セレモニーは約四十五分にも渡ったが、二人共に、時間を忘れて見入っていたほどだった。

バッキンガム宮殿でのセレモニーを堪能した二人は、次の目的地であるタワーブリッジへと向かった。時間を節約するためにタクシーを利用することにした。首尾よく黒塗りのクラシックなタクシーに乗り込むと、駆はドライバーに行き先を告げた。会話の中で、日本から来たことを伝えると、ドライバーは気を利かせてロンドン名物の一つである「ビック・ベン」が望めるルートを通ってくれるという。

あれだよ、ドライバーが言うなり、「ビック・ベン」はその姿を現した。空に突き刺さるように聳えるタワーには、大きな時計が嵌め込まれている。すると目の前を通り過ぎるタイミングで、鐘の音が鳴り響きはじめた。その優雅な音を耳にして二人は旅愁に浸ることができた。その後、タクシーはロンドンの中心地を流れるテムズ川に沿って進み、途中から街中を縫うように走って、タワーブリッジに到着した。

タクシーから降りると、二人はゴシック様式の石造りのタワーを仰ぎ見た。六十メートル以上の高さはあるだろう。視線を移していくと、テムズ川を挟んだ向こう側にも同じデザインの塔が見えた。二つの塔の間には橋がかかっている。どうやら人気のランドマークらしく、ここにも大勢の観光客の姿があった。駆と真悟は、早速、橋を徒歩で渡ってみることにした。

「駆さん、これが有名なロンドンの跳ね橋なんですね。こんな色鮮やかなブルーをしているなんて想定外でしたよ」

「なかなか映える色だよな。これなら遠くからでも一目瞭然なんだろうな。ところで跳ね橋というからには、真ん中あたりに切れ目があるはずだ。おっと、あのあたりかな」

駆が指差したあたりには、人だかりができていた。ちょうど橋の中央部だ。その地点まで足を運ぶと、見事に橋が切れているのが分かった。

駆は若い観光客のカップルに声をかけて、写真の撮影を依頼すると、真悟と肩を組みながら橋の上でポーズを取ったのだった。

橋を渡り切ると、周辺でサイレンが鳴り出すのが聞こえた。すぐに数人の係員が現れて「あと数分で交通が中断される」というアナウンスがあった。

車も人も橋から姿を消した。そうして安全が確認されると、跳ね橋がその名の通りにゆっくりと跳ね上がっていった。その光景を目にした人々から、高らかな歓声が沸き上がっていく。おおよそ四十五度の地点で、跳ね橋はピタリと停止した。どうやら充分に開き切ったようだった。時を移さずに、大型船が粛々と通過していった。

「駆さん、実に上手くできているものですね」

「真悟、これは感動的な瞬間だよ。それにしてもタイミングがいい。俺たち、さっきから行く先々で、ラッキーじゃないか。この幸運が、今夜の受賞式まで続くといいな」

「ですね。指をクロスして、天に祈りましょう」

「オッケー。そうしよう」

二人共、大型船を見送りながら、両手の人差し指と中指をクロスさせた。想いが天に届くように。幸運の女神が微笑むように。

跳ね橋が閉じられると、二人は急いで三つ目の目的地である大英博物館へと向かうことにした。少しでも時間を節約するためにタクシーに飛び乗った。タクシーは、街中に一度入ってから、テムズ川沿いを走った。先程来た道を戻っていくルートだった。窓の外を覗くと、傾いた日が川面に反射して眩しかった。時間は既に午後二時を回っている。余り詰め込んだ予定を立てなくて正解だった。二人共にそう感じていた。その後、タクシーは再び街中を走り抜けて、大英博物館へと到着したのだった。

「駆さん、あの正面入口のファサード、まるでギリシャの神殿みたいですね」

「あれはアテネにあるパルテノン神殿をモチーフにしていると聞いたことがあるよ」

「へえ、そうなんですね。それにしても、かなり大きな建物ですね」

「ここは、世界最大の博物館の一つと言われているからな。ゆっくりと回っていたら、時間がなくなる。今回は、割り切ってピンポイントで行くぞ。因みに、俺はロゼッタ・ストーンとモアイ像が観たいんだ」

「了解です」

「じゃ、早速、乗り込もうぜ」

駆と真悟は正面入口の階段を駆け上がって、大英博物館へ踏み込んでいった。駆は館内の案内図に目をやると、少し気が遠くなった。そこには、アメリカ、古代エジプト、古代ギリシャと古代ローマ、アジア、中東、ヨーロッパ、アフリカに至るまで、世界中から展示品が集められていて、エリアごとにコレクションが展示されていることが示されていたからだ。

「こいつは、かなり手強いな」

「駆さん、ピンポイントでも厳しいかもしれませんね」

「授賞式の会場までの移動を考えると、残された時間は四時間ほどか。まあ、ここで頭を抱えていても仕方がない。さあ、急ごうぜ」

「分かりました」

駆はエリアごとではなく、フロアごとに周ることを咄嗟に思いついた。膨大な展示品に加えて、博物館自体が、目を見張るほどに途方もなく広大だったからだ。幸いなことに、ロゼッタ・ストーンもモアイ像も割合とすぐに見つけることができた。

ロゼッタ・ストーンは石板の文字を間近で観られるように、ガラスのショーケース内に入れられていたのだが、モアイ像は剥き出しのままに展示されていて腰を抜かしそうになった。駆はお目当ての二つをじっくりと鑑賞すると、ようやく一息つくことができた。

一方、真悟は、エジプトのミイラやラムセス二世像、アメンホテプ三世の首像、それから、ギリシャのパルテノン神殿の彫刻群の前で足を止めて、感嘆を繰り返していた。

いずれにしろ、駆も真悟も童心に戻りながら「うおー」「すごい」「やばっ」「きてる」といった単純明快なワードを口走りながら、世界中のコレクションを堪能しまくったのだった。時間は嘘のように過ぎ去った。気がつけば四時間が経っていて、後ろ髪を引かれながらも、退散しなければならなかったのだった。

二人は大英博物館の付近で、再び、タクシーに飛び乗った。

「あっという間だったな。次回は、もっと時間に余裕を持って観たいもんだよな」

「そうですね。ただ、僕は、短い時間の中でも、物凄い刺激を受けましたよ」

「俺だって、同じさ。博物館にいる間中、まるでタイムマシーンに乗っているような気がしていたんだから。帰国したら、エジプトやモアイ像について調べてみたくなったよ」

「僕も、駆さんと同じことを考えていましたよ。学生の頃は、歴史って余り好きじゃなかったんですけど、俄然、興味が湧いてきました。帰国したら、実家に連絡して歴史の教科書を送ってもらおうと考えています」

数々の歴史的遺産に触れて興奮気味な会話を交わしていると、いつの間にかタクシーはロンドン国際広告賞の授賞式の会場へ到着していた。ガラスとコンクリートで構成されたモダンな建築物の中へと、大勢の人々が塊となって流れ込んでいくのが見て取れた。タクシーから降りて、一歩、踏み出した瞬間から、二人共に身が引き締まる想いがした。

レセプションで名前を告げて受付を済ますと、駆と真悟は顔を見合わせて頷き合った。二人は共に胸を張って、颯爽とした足取りでざわめき立つ中へと入っていった。

授賞式の会場は、巨大なホールに設けられていた。一番奥には、大きなステージがセットアップされて、そこには幾つものスポットライトが当てられていた。今夜、その場所に立てるのは、ウィナーの称号を勝ち獲ったクリエイターだけだ。

ステージをどこからでも眺められるように丸テーブルが無数に敷き並べられている。一つのテーブルには十二人が着席できるよう椅子がセットされていて、既にテーブルの上にはシャンパングラスとビールグラスが人数分用意され、一人ひとりの座席前には大きなプレートを囲むように、ナイフとフォークとスプーンのカトラリーが整然と並んでいた。

照明が抑えられた会場内には、厳粛なムードが立ち込めている。二人は指定された席に腰を下ろした。そこはステージが目の前に臨める席だった。

「駆さん、夕食会じゃなくて、晩餐会と表現した方がしっくりきますね」

「うん。こんなにも格式が高いなんて思わなかったよ。まあ、英語ではどちらも、ディナーパーティーだからな」

「さっきから、タキシードやドレスを着た人の姿がやたらと目につくのですが……。ジャケットにジーンズというラフな格好で参加している僕たちは、場違いという気がしてきました。大丈夫ですかね?」

「真悟、余り服装には気を取られるな。そもそもタキシードなんて、俺にもお前にも似合わないんだから。いいか。俺たちは着る服で勝負しにきてるんじゃない。あくまで、つくった広告で勝負しにきてるんだ。クリエイティブの勝負をしにきてるんだ。敢えて言うなら、俺たちのような外したファッションで受賞する方が、むしろ目立って、格好いいと思うぜ」

「そうですよね。すみません、何となく気後れしちゃって。駆さんの言う通りですね。バシっと言ってもらったことで、今、僕たちがこの場所にいる意味が、明確に蘇ってきましたよ」

「ああ。クリエイティブで勝負をするんだ」

「はい。クリエイティブで勝負をするんですね」

駆と真悟が、決意表明の言葉を交わしているうちに午後七時となった。

会場の席は、大方、埋まってきていた。二人が着いたテーブルも、一席残らず埋め尽くされていた。時をおかずに、授賞式、兼、ディナーパーティーの開催を告げるアナウンスがされた。いよいよ戦いの火蓋が切られたのだ。駆と真悟は、二人揃って、静かに深呼吸をした。

レセプションで受け取ったプログラムによると、小一時間ほどディナーの枠が取られていた。

アナウンス直後、何十人もの配膳係たちが、一斉に給仕を開始した。

まずは、ドリンクの台車を押してきたウェイターが各シャンパングラスに、黄金色に輝く透明な液体を注いでいった。シャンパンの泡が、キラキラしながら弾けていく。泡の行方を目で追いかけていると、背後から「カケル! シンゴ!」と二人の名前を呼ぶ声がした。振り返ると、懐かしい顔が目に飛び込んできた。半年前に、マイアミで出会ったデビットだった。

「ヘイ、デビッド！」駆と真悟の声が重なり合った。

デビットはシャンパングラスを右手に抱えて、微笑みを浮かべながら近づいてきた。駆も真悟も立ち上がって、デビットを迎えた。

「チアーズ！」三人は同時にシャンパングラスを掲げあった。

「カケル、シンゴ。二人とも元気そうだね」

「ああ、俺も真悟も元気にやっているよ」

「クリオ賞の最終日、二人に会いに行きたかったんだけど、生憎、仕事がトラブっちゃって、それどころじゃなかったんだ。再会できて、とても嬉しいよ」

「デビット、そうだったんだね。あの日、君のことを探してたんだけど、なかなか見当たらなかったんで、真悟とどうしたんだろうって、少し心配してたんだ」

「申し訳なかったね」

「気にしないでくれ。結局、俺たちはクリオ賞を逃してしまってさ。悔しくて、早めに会場から立ち去ったんだから」

「カケル、クリオ賞のファイナリストだって、大したものだよ。決して簡単には獲れるものじゃない。審査員個人の好みや、審査自体の流れや、審査員同士の駆け引きも含めた様々な要素が、勝敗を左右するんだ。まあ、彼らだって、所詮は人間だからね。時には間違いを犯すこともあるさ」

デビッドは遠回しな言い方で、二人を擁護してくれている。駆は、少し胸が熱くなった。

「ところで、カケル。あのビーチクルーザーの調子はどうだい？」

「ああ、最高だよ。近所の自転車屋で、組み立ててもらってね。東京の街中で気持ちいいクルージングを楽しんでるよ。あの時は、世話になったね。どうもありがとう」

「どういたしまして。お役に立てて嬉しいよ」

「デビッド、君のテーブルはどこなんだい？」真悟が会話に入ってきた。研修や出張を重ねて、英語も少しずつではあるが上達してきているのだ。

「シンゴ、僕は隣のテーブルだよ。後ほど、再会を祝して、また乾杯しよう。いや、今夜は、君たちが受賞する可能性もある。ひょっとしたら、勝利を祝しての乾杯になるかも知れないね。グッドラック」

デビッドは、二人にウィンクをすると、自らのテーブルに戻っていった。

シャンパンを飲み終えると、間髪入れずにウェイターがオーダーを取りにきた。駆と真悟は、迷わずにビールをチョイスした。優雅にビールグラスが満たされていく。華やかな席では、ビール一つとっても特別な代物に感じられるものだ。思いがけない再会を果たしたことで気持ちが解れた二人は、小気味いい音を立てて杯を交わした。

参加者たちにアルコールが行き渡った後は、次々とコース料理が運ばれてきた。

最初は、前菜のシーザーサラダとコンソメスープ、そして、海、山、川の食材が盛られたプレートが並べられた。次には、メインの魚として、ヒラメのムニエルが続いた。駆と真悟は、ホテルでの朝食以来の食事だったせいか、舌鼓を打ちっぱなし状態だった。それから、舌休めとして苺のシャーベットを挟み、メインの肉料理として、牛すね肉の赤ワイン煮がサーブされた。最後は、チーズの盛り合わせと濃厚なバニラのアイスクリームが登場した。どれもが上品で美味しく、二人は心ゆくまで品々を味わったのだった。

コースが一通り出されると、紅茶が振る舞われた。数種類の中から、駆はダージリン、真悟はアッサムを選んだ。ウェイターは丁寧にウェッジウッドのティーカップに香り高い液体を注いでいった。そうして、束の間、二人は優雅な気分でくつろいだのだった。

駆が紅茶を飲み干したタイミングで、隣に坐っていた白人の男性が「君たちはどこから来たんだい?」と話しかけてきた。

「日本の東京だよ」と笑顔をつくって駆は答えた。それから、間を置かずに「君はどこから?」と尋ね返した。

「僕は、ロンドンの出身なんだ。この街でミュージックプロデューサーをしている。名前はハリーさ。どうぞよろしく」白人の男性はそう言って、手を差し出してきた。

「俺の名前は、カケル。コピーライターだ。隣の相棒は、シンゴ。彼はアートディレクターさ。こちらこそ、どうぞよろしく」駆はそう告げながら、力を込めてハリーの手を握った。真悟は、挨拶代わりにハリーに向かって手を振った。

何気なく駆が時間を確認すると、午後八時半過ぎだった。予定の時間を三十分以上も押している。駆は、ハリーに率直な疑問をぶつけてみた。

「一向に授賞式になる様子がないけれど、いつになったらスタートするのかな？」

「ハハハ。ロンドン国際広告賞は、意外と時間にルーズなんだ。でも心配はいらないよ。一時間ほど押すのは、いつものことだからね。もうすぐスタートするはずさ」

「へえ、そうなんだ。以前にも、君は参加したことがあるんだね？」

「ああ。今年で五度目になるよ。僕に仕事を発注してくれるCMプロダクションが、毎年のようにウィナーを受賞していてね。その関係で、僕も参加するようになったのさ」

「へえ、随分と優秀なCMプロダクションなんだね」

「そうなんだ。彼らはとても優秀さ。彼らが素晴らしいのは、優秀な広告会社としかタッグを組まないところだね。優秀な広告会社には、強力なコピーライターとアートディレクターのチームがある。そういった彼らとの繋がりは、僕にとっては計り知れない財産なんだ。ちょっと突っ込んだ話になるけれども、日本ではコピーライターとアートディレクターは、仕事によってチーム編成が変わるって本当かい？」

「まあ、個人的な経験に基けば、一般的には日本にあるドメスティックな広告代理店や広告制作会社は、クライアントによってチーム編成が変わる。外資系の広告会社にしても、そういったケースは多いような気がするよ。俺が所属している外資系の広告会社でも、例外ではなくね」

「クライアントごとに、パートナーが変わるって効率が良くないんじゃないのかな。イギリスでは、コピーライターとアートディレクターは、ほぼ変わらない。パートナーが同じなら、絆も深まるようだし。とはいっても、僕は、音楽屋だから、そこまで正確には分からないんだけどさ」

「勿論、効率を考えれば、いつも同じパートナーの方がいいと思うよ。君の指摘するポイントは、よく理解できる。コピーライターにとって、アートディレクターは女房みたいなものだからね。日毎に女房が変わるなんて、おかしな話だろう」

「ハハハ、上手いこと言うなあ。流石、コピーライターだね」

「ありがとう。もう一つ、日本には厄介な問題がある。それは、CMプランナーという職種が存在することなんだ」

「CMプランナー？」

「TVCMを専門に企画立案する職種さ。彼らは、基本的にはグラフィックにはタッチしないし、逆に、コピーライターは基本的にTVCMにはタッチしないんだ。外資系の広告会社では、コピーライターがグラフィックとTVCMの両方をやるのだけれども、日本のドメスティックな広告代理店や広告制作会社は、どちらかしかやらない」

「それって、変なシステムだと思わないかい？」

「心から思うよ。だって、CMプランナーという職種は、日本の広告界にしか存在しないからね。あくまでもグローバル・スタンダードは、コピーライターとアートディレクターの二人組のチームが、グラフィックからTVCMまでを手がけるのがモデルになっている」

「そうだね。僕は、時々、アメリカの広告会社からも、仕事の依頼があるんだけど。イギリスでも、アメリカでも、常にチームは二人組で構成されているよ。最近、日本の広告代理店からも声がかかって、その時にチーム編成が変わるって話を聞いて、冗談かと思ったんだけれど。本当だったんだね」

「残念ながらね。俺の個人的な見解だけれども、日本の広告界は遅れていると思うんだ。そもそも広告の起源は、イギリスで、一八〇〇年頃だった。その後、一八四〇年代にアメリカに渡ると急激に栄えていった。一方、日本で広告がはじまったのは一九〇〇年頃と言われているんだ。つまり、俺たちの国は、百年近くも遅れをとっているのさ。それって、致命的なことだと俺は感じている。シビアな言い方だけれども、日本は、広告においては後進国だと断定できる」

「ワーオ、なかなか手厳しい意見だね。でも、ある意味では、君の言っていることは正しいのかも知れないね」

「でもだからといって、嘆いている訳にはいかない。俺たちがやらなければならないことは、山積みなんだから。少しでも、イギリスやアメリカとの遅れを取り戻して、一刻も早く世界の広告界をリードできる存在にならないとね。俺は、日本を広告の先進国に生まれ変わらせたい。それが、俺の夢だし、俺に与えられた使命だと考えているんだ」

「素晴らしい夢だね。それに、君が本気なのは分かるよ」

「ありがとう。そのためには、日本という狭い国に留まるんじゃなくて、できる限り世界に目を向けて、自分自身を高めていかなければと肝に命じているんだ。自分の一生をクリエイティブに賭けてでも」

「君は凄くポジティブだ。そして、何よりもクリエイティブ・ファーストな人間だよ。考え方もしっかりしていると感じるし、行動力も伴っている気がするよ」

「そう言ってもらえると、お世辞でも嬉しいよ。振り返ってみれば、俺自身、今までずっとクリエイティブ・ファーストでやってきたんだ。けれども、それを貫こうとすればするほど、衝突を繰り返してきた。実は、俺、五回も職場を変わっているんだ。正直に告白すれば、どの職場でも、問題児扱いされてきたよ。でも、歯を食いしばって、コピーを書いて、広告をつくり続けてきた。絶対に見返してやるんだって、自分に言い聞かせながらね」

「さぞかし大変だったろうね。君が懸命になって、格闘している姿が想像できるよ。際立った個性の持ち主は、他人とよくぶつかるものだからね。誰だって、衝突すれば傷を負うものだし、時には、自分自身が間違っているという錯覚に囚われてしまうこともあるだろうしね」

「何度か、そういう経験もしたよ。けれど、俺は俺であることを止められなかった」

「それでいいんだよ。結局、成功するのは、最後まで諦めない人間なんだ。別の言葉で言えば、最後まで自分自身を信じることのできる人間ということさ。他人が呆れるくらいに強い信念を抱いて、どこまでも突き進んでいける者だけが、成功者になれる。僕が優秀だと感じているクリエイターは、皆一様にそんな資質を持っている」

「それを聞いて、胸のつかえが綺麗に取れたよ」

「だから、絶対に諦めないで欲しい。君が夢を叶えるのは、きっと長い時間がかかるだろう。でも、君なら、きっとやり遂げることができるはずさ。初対面の僕がこんなことを言うのは、信憑性に欠けると思うかも知れないけれど。君の言葉は、人の心を動かす力に溢れている。それは、コピーライターとして、クリエイターとして、世界を牽引するためには、何よりも大事な要素だ。もう一度、言うよ。君なら、きっとやり遂げることができるはずさ」

「ハリー、どうもありがとう。何だか、君から、凄い勇気をもらえたよ。昔から旅先で偶然に隣り合わせる人には、強い縁を感じてきたんだ。うん。今夜はクリエイティブの神様が、俺たちを引き合わせてくれたような気がするよ」

「フフフ。クリエイティブの神様か。間違いないね」ハリーが白い歯を見せた。

駆とハリーが交わす会話に耳を傾けていた真悟も、はにかんだ表情になっていた。テーブルの上は、いつの間にか綺麗に片付けられていた。ようやくディナーと歓談の時間が終了したのだ。交換された真っ白なテーブルクロスは、命運を賭けた戦いの火蓋が切られたことを示唆していた。間もなくすると、授賞式の開始を告げるアナウンスメントが響き渡った。同時に、歓声とどよめきが会場にもたらされた。

ステージにはタキシード姿の男性司会者と、黒いロングドレスを纏った女性のアシスタントが登場した。遂に授賞式がスタートしたのだ。暫くの間、会場中の参加者たちからステージに立つ二人へ惜しみない拍手が送られた。

授賞式のプログラムは、単純明快な形式で進められていった。男性司会者が、クライアント名に続き、制作者の名前、及び、所属する会社名を告げる。その後、受賞者はステージに上って、女性アシスタントからトロフィーを受け取るのだ。ＴＶＣＭやグラフィックといったエントリー部門ごとに、カテゴリー別のウィナーが発表されていった。

小一時間が経過した頃、駆と真悟がエントリーしたポスター部門の順番となった。順を追って、カテゴリー別にウィナーが発表されていく。二人共、天に祈るように両手を組んだ。駆がふと横を向くと、真悟は目まで閉じていた。すると、司会者が二人の名前をコールした。穏やかな夕暮れ時に雷が鳴り響く如く、突然に。

「次のカテゴリーのウィナーは、ビスレー。カケル・トキ、そして、シンゴ・タニ……」

一瞬、駆は耳を疑った。隣の真悟は、まだ目を閉じたままだった。呆然としている二人を気遣って、ハリーは声をかけてくれた。

「カケル、シンゴ、おめでとう。君たち二人が動かないなら、僕が代わりにトロフィーをもらってこようか?」

気の利いたジョークを耳にした駆は、忽然と立ち上がった。そして、ピクリとも動かない真悟の肩に手を置いて、耳元に語りかけた。

「真悟、行くぞ」

真悟は、目を見開いて、駆の方へ振り返った。真悟の瞳は少し潤んでいた。

「歩けるな?」

「は、はい」

「俺たちは、やったんだ。勝負に勝ったんだ。堂々といこうぜ」

「り、了解です」

駆が先頭に立ち、その後に真悟が続いた。二人は拍手を浴びながら、ステージの方へと歩いていった。それから、一歩一歩噛み締めるように、ステージへと続く階段を登っていった。段上に立つと、幾つものスポットライトが重なって光の渦が出来上がっていた。

その眩しさには目を細めざるを得なかった。さらに、スポットライトが放っている熱で、頭がぼんやりとした。とにかく、やたらと熱いのだ。一瞬の間、駆も真悟も、自分たちがどこにいるのか曖昧になっていた。まるで、別空間へとワープしたかのような感覚に陥ったのだ。それほどにステージ上は、二人にとって現実離れした空間だった。

男性の司会者が口を動かしているのがおぼろげに視界に入ってくるのだが、怒号のような歓声と拍手によって、何を言っているのかはよく分からない。次の瞬間、手招きをするジャスチャーがなされた。その隣でアシスタントの女性がトロフィーを抱えて微笑んでいる姿もかすかに確認できた。

何かに背中を押されるように、光の渦の中へと足が動き始めた。落ち着こうとするのだが、妙に浮き足だってしまう。何もかもが、スローモーションのようにゆっくり動いていった。

司会者と握手を交わしたのをきっかけに、二人は、現実の世界へと戻ってくることができた。トロフィーをアシスタントから受け取ると、ステージ前のカメラマンたちが何度もシャッターを切った。幾つものストロボが焚かれて、光の洪水が押し寄せてきた。駆は、目を細めながらも、トロフィーを誇らしげに頭上に掲げた。それから、真悟にトロフィーを手渡した。駆が目で真悟に語りかけた。すると、真悟は、駆と同様に、いや、それ以上の高さにトロフィーを掲げたのだった。

全てのシーンが、一瞬のようであり、永遠のようでもあった。席に戻る二人をデビットが、腕を広げて待ち構えていた。その隣にはハリーが立ち上がって、拍手をしていた。四人は、それぞれを力強くハグしあった。

「コングラッチュレーション！」

「君たちは、間違いなく僕のヒーローだよ！」

デビッドもハリーも、両手を上げて、まるで自分たちが受賞したように喜んでくれた。

駆と真悟は、照れくさいながらも、二人からの言葉で胸がいっぱいになった。

駆は着席して眩しく輝くトロフィーを見つめた。その時になって、ようやく、国際的な広告賞でウィナーを受賞できた実感が込み上げてきた。

真悟にしても同じだった。席に戻るまで、一向に口を開くことができなかったのだが、やっと一言漏らした。

「駆さん、これ夢じゃないですよね？」

まだどこか浮遊しているような顔つきの真悟に向かって、駆は力強く言い放った。

「真悟、いいか。耳の穴をかっぽじってよく聞けよ。俺たちは、夢を見てるんじゃない。俺たちは、夢を叶えたんだ」

10

翌日、駆と真悟は朝食を済ませてから、自分たちが所属する広告会社のロンドン支社へと足を運んだ。オフィスは、ホテルからブロンプトン・ロードを渡ったロケーションにあった。ホテルからは、徒歩で五分ほどの距離に位置していた。ロンドンの中心街に相応しく、モダンなデザインが施されたビルだった。一階の受付で、二人はそれぞれの名刺を渡して、来社理由を告げた。あらかじめ二人で打ち合わせした通り、昨夜、ロンドン国際広告賞で受賞をしたことを、グローバルのクリエイティブのトップであるロバート・トーマスへ報告をしにきたのだということにした。

「そちらで少しお待ちください」受付嬢は二人にソファに坐るように言った。

コーポレートカラーである青と黄緑の二色でカラーリングされたソファに腰掛けていると、間もなくして、クリエイティブの秘書が顔を見せた。赤毛のショートカットが似合う女性だった。二人共に自己紹介をして、改めて来社理由を伝えると、突然の訪問にもかかわらずに歓迎をしてくれた。

「ようこそ、ロンドン支社へ。私はロビンよ。あなたたちの快挙は、世界中のオフィスで話題になっているわ。幸い多忙なロバートも、今日は、オフィスにいるの。あなたたちのことを伝えたら、是非、会いたいっていうことだったわ。さあ、私についていてらっしゃい」

ロビンは、時折、チャーミングな微笑みを交えながら伝えてくれた。駆と真悟はロビンに案内されて、四階にあるクリエイティブ局のロバート・トーマスの個室へと向かった。ロビンがドアをノックすると、「どうぞ」という低い声が聞こえてきた。ロビンは二人に向かって、ウィンクをすると颯爽と扉を開けた。

「やあ。昨夜、幸運の女神に微笑まれたのは、君たちなのか」

ロバートは席から立ち上がるやいなや、駆と真悟に握手を求めてきた。目の前でグローバルのクリエイティブのトップから視線を注がれている。その眼差しには、相手の心の中を見抜いているような佇まいが感じられた。二人は緊張をしながらも、差し出された手を精一杯強く握った。

その直後、真悟は肩に掛けていたトートバックから、昨晩、勝ち獲ったトロフィーを取り出して、ロバートへと手渡した。ロバートはトロフィーを受け取ると、白い歯を覗かせながら「コングラッチュレーション！」と声高に言った。

「残念ながら、ロンドンのオフィスからウィナーは生まれなかったんだ。君たちの快挙は、グローバルで大きなニュースになっているよ。よくやってくれたね」

駆と真悟は、その言葉を耳にしてロバートに微笑み返した。二人共々、心の中でガッツポーズをつくったのは、言うまでもない。

「ところで、二人の職種は？」

「自分がコピーライターのカケル・トキ。そして、彼がアートディレクターのシンゴ・タニですよ」駆が二人を代表して答えた。

「カケルとシンゴだね。本当によくやってくれたな。君たちのことを心から誇りに感じるよ。そうだ。もし、何か一つ、私が二人の願いを叶えるとするなら、君たちはどんなことを望むかな?」

思いがけない申し出に、二人は鳩が豆鉄砲を食らったような表情になった。

「ハハハ。そんなに驚かなくてもいいよ。何でもいいから言ってごらん」

駆は真悟と顔を合わせて、目で会話をした。言葉を交わさなくても、二人の心は通じ合っていた。駆は姿勢を正して、声を張った。

「ロバート、俺たちは来年のCannes Lionsに参加したい」

それは、かねてから二人が望んでいたことだった。Cannes Lionsは、毎年、六月の最終週に開催される。世界各地からクリエイターが集まる広告界最大の祭典は、一週間ほど続くのだ。会場となるのは、あの有名な映画祭が行われるのと同じ「パレ・デ・フェスティバル・エ・デ・コングレ」だ。通称、パレ。その会場に入って、世界中からエントリーされたクリエイティブをチェックするためには、エントリーパスが必要であり、そのパスは日本円にして四十万円ほどの金額となる。

ロバートは、数瞬の間、考えを巡らせてから口を開いた。

「オッケー。君たちをCannes Lionsに参加させるように取り計らおう。日本のエグゼクティブ・クリエイティブ・ディレクターであるサリーには、私から直々に伝えておくよ。その代わりに、私から君たちにも一つだけリクエストがある。Cannes Lionsに向けて、新しいクリエイティブをつくってエントリーして欲しい。その件に関しても、サリーに伝えておくから」

何ということだろう。信じられないような幸運が自分たちに巡ってきたのだ。駆と真悟は、喜びを隠しきれずに、その場でハイタッチを交わした。

「ロバート、どうもありがとう。自分たちは、全力でその任務に当たります」

「ロバート、どうもありがとう。駆さんと一丸となって頑張ります」

二人の力強い決意表明を耳にしたロバートは、満足気に頷いた。

「君たちには期待しているよ。よろしく頼んだぞ。申し訳ないけれども、この後、ニューヨーク本社とのテレビ会議があるんだ。今日は訪れてくれて、ありがとう」

ロバートは、二人が個室から退出する際に「グッドラック！」と告げてきた。二人は振り向きざま、再び、ロバートと固い握手を交わした。

その後、駆と真悟は秘書のロビンに付き添ってもらいながら、ロンドン支社のオフィス内を一通り見学させてもらった。クリエイティブ局では、何人かの同僚まで紹介してもらった。遠く日本からやって来た二人に対して、ロンドン支社の仲間たちは、労いと祝福の言葉をかけてくれた。

「また、いらっしゃい」笑顔でロビンに見送ってもらいながら、二人は意義のある訪問を終えたのだった。

「駆さん、すごいですよ。あのロバートから、Cannes Lions 参加の許可をもらうなんて」

「流石にドキドキしたけどな。でも、思い切って言ってみるもんだな。一瞬、却下されたら、どうしようと思っていたけれどもさ。幸運にも、新しいクリエイティブをつくるチャンスまで手に入った訳だし。結果、オーライってところだろう」

「ですよね。さて、出張のタスクは全て終えた訳ですし、これから何をしましょうか」

「真悟、大事なことを忘れているぞ」

「えっ、他に何かありましたっけ？」

「カレーとラーメンだよ」

「あっ、そうでしたね。余りにも、色んなことがあったので、すっかり忘れていましたよ」

「何だよ。俺はしっかりとチェックしておいたんだぞ」

「えっ、いつの間に？」

「今朝、お前が目覚める前だよ」

「駆さん、素晴らしいです」

「そろそろランチの時間だろ。この近くにインド料理店があるようだから、まずはそこに向かおうぜ」

「了解です」

駆の言葉通り、ブロンプトン・ロードの一画にインド料理店は存在していた。レストラン前には、香ばしいスパイスとカレーの匂いが立ち込めていた。二人は、唾を飲み込みと、吸い込まれるように店内へと入っていった。

「いらっしゃいませ」薄暗い店内の奥から、インド訛りの英語が聞こえてきた。すぐさま、浅黒い肌をしたインド人のウェイターがメニューを携えて現れた。

駆と真悟は席に着くと、早速、メニューを開いた。品揃えは豊富で、カレーの種類だけでも八十種類は下らなかった。

「おー、やっぱり俺の予想通りだ。ここ、本格的なインド料理店だよ」

「駆さん、本当ですね。それにしても、これだけ種類があると迷っちゃいますよ」

数ページに渡るメニューの頁をめくり巡って、二人共に目を皿にしながら、一品を厳選するに至った。

「うーん、どれも捨て難いんだけどさ。やっぱり、俺は基本であるチキンマサラカレーを頼むことにするよ。真悟はどうする?」

「そうですね。僕は野菜が食べたいんで、チキンサグカレーにします」

「オッケー。あとは、サフランライスだな。こいつとカレーとの組み合わせは最強なんだ」

「じゃあ、僕もサフランライスにします」

「でも、まずはビールだろ。インドと言えば、キングフィッシャーだな。つまみは、タンドリーチキンでどうだろう?」

「いいですね。受賞もしたことだし、パーッといきましょうよ」

ようやく品々を決めた二人は、ウェイターを呼んでオーダーを入れた。時を置かずに、小瓶のビールが運ばれてきた。グラスに注ぐのももどかしく、二人はボトルのままで乾杯をすることにした。カッキーン。交わした小瓶からは、乾いた音が響き鳴った。その音を合図にして、二人共に、勢いよく飲んでいった。

「くぅー、旨いな。勝利の味とは、まさに、これだな」

「はい。駆さんの言う通り、勝利の味がしますね。胸に染み込んでいきますよ」

間もなくすると、熱々のタンドリーチキンが届けられた。ウェイターがテーブルの上に置く合間にも、香り高い匂いが鼻をついてくる。

「駆さん、物凄くいい匂いがしますね。僕、この香りだけでやられちゃいそうです」

「ああ。見た目もいいし、実に旨そうだな。さあ、食べようぜ」

二人同時にフォークでタンドリーチキンを突き刺すと、野性の動物のように一気に齧り付いていった。口の中でスパイスが弾けた。いや、スパイスが踊った。

「やはり、旨いな。フフフ」駆は舌鼓を打ちながら、妙な笑い声を立てた。

「もう旨すぎて嫌になっちゃいますね。フフフ」真悟も同様に妙な笑い声を立てた。

縁《えん》も所縁《ゆかり》もない初見のレストランで、予想以上の美味しさに出会った時、思わず人が発してしまう笑い声だ。

「フフフフフフ」

「フフフフフフ」

それからは、駆も真悟も、終始言葉を失って、妙な笑い声を立てるだけになった。次々とタンドリーチキンを平らげながら、ビールを流し込む。皿の上が骨だけになると、ようやく「旨かった」という言葉を発したのだった。

「真悟、何だったんだ。お前の妙な笑い方。かなり気持ち悪かったぞ」

「駆さんこそ。得体の知れない、妙な笑い声を出していましたよ」

駆と真悟は、お互いの言葉を耳にして、爆笑をしはじめた。いつまで経っても、笑いは収まりそうになかった。二人の声は、レストラン中に響き渡った。幸いなことに、客は二人以外には誰もいなかった。二人は、涙を流しながら笑い続けた。神妙な顔つきになったウェイターが、二人分のカレーとサフランライスを運んでくるまで。

駆が注文したチキンマサラカレーは、完璧で文句のつけようがなかった。スプーンで掬って一杯口に入れた途端に、まるでインドにいるような気分になってしまった。それほどにレベルが高かったのだ。真悟が注文したサグチキンカレーも、絶妙なスパイスの調合がされていた。

「最高だな」

「こんな旨いカレー食べたことないです」

二人はカレーを交換しあいながら、勢いよく食べ続けた。途中で、喉が渇いたので、追加のビールをオーダーして。そして、全ての品々を綺麗に完食したのであった。テーブルでお会計を頼むと、すぐにレシートが届けられた。合計額を見た瞬間、二人共に目が飛び出しそうになった。五十三ポンド、日本円にして、約一万円である。割り勘にして料金を支払って、レストランから出ると、真悟が開口一番に言った。

「駆さん、ロンドンの中心街でカレーとビールを頼むと、結構、いっちゃうんですね」

「全くだな。予想以上に高くついたな。でも、旨かったからいいんじゃないか」

「まあ、そうですよね。それに、勝利の味も口にできた訳ですしね」

「そうそう。それに加えて、勝利の美酒にも酔いしれることができた。そういうことにしておこうぜ」

「ですね。ところで、駆さん、ラーメン屋も既にチェック済みなんですか？」

「まあね。でも、カレーを食ったばかりだから、流石に入らないだろ。腹ごなしも兼ねて、どこか散歩にでも行こうぜ」

「駆さん、いい場所がありますよ」

「真悟、どこかあてがあるのか？」

「はい。ロンドンに詳しい友人から、カムデンマーケットという場所をお勧めされたんですよ。時間があれば、是非、立ち寄ってみろって。何でも、ロンドン最大級の規模で、出店数は千を超えるらしいんです。パンクやグランジの格好をした若者も多いみたいですよ」

「おお、いいね。何か、面白そうな場所だな。じゃあ、どこかで行き方を尋ねてみよう」

「それなら、一度、ホテルに戻りましょうよ。このトロフィーを部屋に置きたいんです」

「それも、そうだな」

そういう訳で、駆と真悟は、一旦、ホテルへ戻った。真悟が部屋にトロフィーを置きに行っている間に、駆はコンシェルジュにカムデンマーケットへの行き方を尋ねた。その結果、ハロッズ前のバスストップからバスに乗り、途中で別のバスに乗り換えるルートを案内してもらったのだ。例によって、コンシェルジュは、間違いがないようにマップにマークを入れた上に、バス停の名前まで表記して渡してくれた。

駆と真悟はロビーで落ち合うと、早速、ホテルを後にした。

「バスで移動しろ、とのことだったよ」

「うわー、いいっすね。これまでの移動は、ほとんどタクシーだったじゃないですか。僕、一度はダブルデッカーに乗りたかったんですよ」

「そうだな。実は、俺もワクワクしてるんだ。旅先では、知らないことや分からないことばかりだけど、むしろ、その方が楽しい気持ちになれる。ある意味、ちょっとした冒険だからな」

「駆さんは、根っからの旅人ですからね」

「最近は、真悟も旅人の顔つきになってきてるよ」

「マジっすか？　それは光栄ですね」

たわいもないお喋りをしていると、間もなくしてダブルデッカーが姿を現した。駆と真悟はバスに乗り込むと、当然の如く、二階へと駆け上がった。

瞬く間に、ダブルデッカーは走りはじめた。

「駆さん、随分と見晴らしがいいんですねえ」

「うん。この位置からだとさ、昨日まで目にしていたロンドンの街並みが、少し違って見えるよな」

「ちょっと運転が荒い感じですけどね」

「だよな。まあ、一つのアトラクションとして楽しもうじゃないか」

二人の会話をよそに、ダブルデッカーは街中を駆け抜けていった。今日も続けて天候に恵まれたので、十月だというのに風が気持ちよかった。眼前では、ロンドンの街が様々な表情に変化してエンターテインしてくれる。さながら、劇場の舞台装置のように――。駆と真悟は、その七変化ぶりにすっかりと魅せられていた。

コンシェルジュの案内通りに、バスを乗り換えるために下車した。次に乗るバスのバスストップまでは徒歩で一分と伝えられていた。念のために、通りすがりのイギリス人らしき男性を捕まえて確認をした。ストライプのスリーピースにソフト帽を被った紳士は、イギリス訛りの英語で丁寧に教えてくれた。お礼を告げると、紳士は笑みを浮かべて軽やかに立ち去っていった。そのおかげで二人は迷うことはなかった。

「駆さん、イギリス人って、総じて優しい人たちですよね」

「そうだな。きちんとした身なりの人でも、優しさを感じるよ。俺たちみたいな格好をした者にだって、きちんと対応してくれるよな」

「同時にプライドも感じますよね」

「うん。この国に訪れる人たちに対して、きちんとした態度で応じる。それは、他ならない彼らのプライドからきているんだろうな。俺たちも、そうありたいよな」

「はい。ああ、やっぱり旅っていいですね」

「その通りさ。旅をするだけ、人は視野が大きくなる。日本に情報として入ってくるのは、ほんの一握りだ。今では、様々なことをインターネットで調べることができるかも知れない。けれども、本当のことは、旅をしてみないと知ることはできない。俺は、そう信じているよ」

やがて、ダブルデッカーがやって来た。そうして二人は無事にカムデンマーケットへと到着したのだった。

「駆さん、平日なのに、凄く混んでいますねえ」

「そうだな。いわゆる観光地なんだろうな。それにしても沢山の店が集まっているなあ」

「しかも、一軒一軒の店が、かなり個性的ですよね」

「統一感とか全く考えていないところがいいよな。どの店も、クセが強そうだぜ」

数多くの出店が、所狭しと並ぶカムデンマーケット。そこには、ヴィンテージやオリジナルデザインの衣料店、家具、日用品、手作りのアクセサリーなどを扱う露店が軒を連ねていた。さらに、幾つものカフェやレストラン、そして、ライブハウスまで目に飛び込んでくる。店主や行き交う人々の国籍もバラバラであり、多種多様な文化が集まるロンドンの縮図のようだった。駆と真悟は、夕方になるまで縦横無尽にマーケットを散策したのだった。

「駆さん、流石に少し疲れましたね」

「そうだな。もう三時間もぐるぐる歩き回っているからな」

「そろそろ、お腹も空いてきましたよね」

「俺もさ。では、ラーメン屋へ向かうか」

「どこらへんにあるんですか?」

「俺が調べたところは、ソーホーにあるんだ」

「えっ、ロンドンにもソーホーがあるんですね。ニューヨークだけかと思ってましたよ」

「そうなんだよ。でも、名づけられたのはロンドンの方が先らしいぜ。何でも、そのあたり一帯は、昔、狩猟地の野原や森林だったみたいだ。ネーミングの由来としては、その頃に獲物を見つけた時の叫び声が『ソーホー』だったことによるらしい」

「へえ。それが語源になっているんですね」

「今じゃ、すっかり開発されて、ロンドン最大の娯楽街になっているようだ。コンシェルジュによれば、ゲイバーやレズビアンバーなんかもあって、ナイトライフの中心地ということなんだ。まあ、新宿みたいな場所なのかも知れないな」

駆と真悟は、最寄りのカムデン・タウン駅から、地下鉄に乗り、トッテナム・コート・ロード駅まで行った。そこからソーホーまでは、徒歩で向かうことにした。敢えて、タクシーに乗ることを避けたのは、ロンドンに住む人々の日常を目にしたかったからだった。

ソーホーは、お洒落なブティック、ギャラリー、レストランで溢れていた。どことなくエリア全体にハイソでクリエイティブな空気が漂っている。駆がチェックしていたラーメン屋は、そんなエリアの中心に存在していた。

「駆さん、ラーメン屋というよりも、バーといった雰囲気ですね」

「うん。なかなか洒落ているよな」

黒を基調とした店構えはシックで洗練された印象だった。壁一面には、外からでも中が覗けるようにガラス張りとなっていた。店内の客席は満席で、店前には行列ができているのだった。

「これは期待できそうだぞ」ということで、二人も列に加わった。店内から豚骨独特の匂いが漂ってくる。どうやら、豚骨ラーメンを売りにしている店らしい。

「駆さん、懐かしい匂いがしますね」

「うん。まだ、日本を経ってから数日だけれども、凄く懐かしい気がするよな」

突然、二人共にソワソワしてきてしまった。四人、三人、二人、一人。およそ十五分後、ようやく席に着いた時には、とめどもない食欲が襲ってきた。

「俺は、チャーシュー麺に決めたぞ」

「やっぱりそうですよね。僕もチャーシュー麺にしますよ」

一刻でも早く、口にするために、早速、二人はオーダーをした。日本人の店員が「麺の硬さはどうしましょう?」と尋ねると、間髪を入れずに二人同時に「バリカタ!」と反応した。返答のスピードの速さは、日本人の店員が苦笑いをしたほどだった。

「真悟、お前、貧乏ゆすりしてるぞ」

「すみません。もう限界になっているみたいです。待ちきれません」

「ハハハ。まあ、その気持ちは分かるけどな」

「こんなに身体が疼くのは、きっと、ラーメンを食い倒してきたからなんでしょうね」

「何だか、中毒者みたいな発言だな」

「ある意味そうかもしれません。週に二、三度は食べていますから」

「マジかよ?」

そんなやりとりを交わしていると、チャーシュー麺が着丼した。すかさず、二人はテーブルの上に設置されている割り箸を手にして割った。そして、丼に設置されたたにレンゲを使ってスープを飲みはじめた。その後は、一心不乱になってチャーシュー麺を頬張っていった。そうして、二人共々、時間にして五分も経たないうちに食べ終わってしまったのだった。二人は料金を支払って、素早く退店した。

「ああ、俺は満足した。真悟は？」

「うーん、まあまあですかね」

ラーメン通を宣言してしまった後では、なかなかにコメントも厳しくせざるを得ないようだった。しかし、一気に食べてしまったことは、隠しようもない事実だった。

「それにしては、かなりがっついていた気がするんだが」

「……あれっ、そうでした？」

真悟が執拗に誤魔化そうとする様子を目にして、駆は吹き出した。暫くの間、笑いが止まらなかった。それに釣られて、遂には真悟まで笑い出してしまった。ロンドンの街中に二人の笑い声が共鳴しながら響き渡った。タイ、アメリカ、イギリスと各国を回ってきた駆と真悟は、かけがえのないパートナーとなっていた。

11

帰国した二人は、出社した初日、日本支社の名が刻まれたロンドン国際広告賞ウィナーのトロフィーを手にして、サリーの個室へ顔を出した。

「コングラッチュレーション！」サリーは、満面の笑顔で迎え入れてくれた。

「ロンドンのロバートから、あなたたちを来年の Cannes Lion に参加させるように要請が入ってきたわ。日本支社を代表して、いってらっしゃい。でも、新たなクリエイティブを捻り出すことも忘れずにね。これからも、二人で力を合わせて頑張りなさい」

ロンドンから持ち帰ってきたトロフィーは、来客の目につく場所へと飾られた。束の間、日本支社の中では、二人の快挙で持ちきりだった。しかしながら、駆と真悟の関心は、もう次のクリエイティブへと向かっていた。

「次は、カンヌだ」

毎日のように、その言葉を繰り返しながら、二人は新規クリエイティブ開発に没頭していった。

そんな中、再び、吉報が届けられた。駆と真悟の制作したクリエイティブが、ロンドンに続いて、ニューヨーク・フェスティバルで金賞を受賞したという知らせだった。国際広告賞での受賞作は、それだけ目につくので連鎖することが多い。各国の審査員たちは、否が応でも、そのクリエイティブを目にするからだ。自分たちのクリエイティブがそのサイクルに乗るということは、当然、Cannes Lionsでも有利に働くということになる。

「駆さん、僕たち、波に乗ってきましたね」

「ああ。だけどな、真悟。過去を振り返るのは止めよう。俺たちは、未来だけに目を注ぎ続けるんだ。あくまで、次のクリエイティブ、新しいクリエイティブにこだわろう。結果なんて、自ずとついてくる。今は、それに集中する大事な時期だぞ」

駆は真悟と過ごす時間を増やすために、サリーにあるリクエストをした。それは、現在二人が担当しているクライアントに関してのチームの再編成だった。早い話が、自分と組む相手は、真悟だけにして欲しい。逆に、真悟と組む相手は自分だけにして欲しいという申し出だった。つまり、完全に二人だけのチームになるように頼み込んだのだ。それは、ロンドンの授賞式で隣り合わせた、ハリーと交わした会話に裏打ちされたものだった。徹底して欧米的なスタイルを取り入れることで、アウトプットのクオリティを最大限にすることが狙いだった。

その提案にはかなり大胆な要素が含まれていた。クリエイティブ局の体制にも大きく影響してくるからだ。生憎、社内にはコンサバティブなクリエイターも存在している。とりわけ、外資系の広告会社は、充分なパフォーマンスを見せられないと、リストラが敢行される。駆と真悟が所属する広告会社も、その例外ではなかった。雇用契約は毎年交わされるのだが、事実、更新されない者たちも出てくるのだ。その弊害として、突如、保守的な考えに陥るクリエイターに様変わりしてしまうのだ。そういう訳で、クリエイティブ局内には、反発を唱える声も数多く上がった。

しかしながら、駆は、自分の夢に忠実でいたかった。言い換えれば、自らの野望を捨てることはできなかった。例え、他人の目には、エゴと映ってしまってもだ。反対に夢も野望もなければ、広告業界のピラミッドの一番下から、一歩一歩と登ってくることはできなかったはずだ。夢も野望もあったからこそ、ここまで辿り着くことができたのだ。一見、矛盾するようだが、際立った強烈な個性を有していなければ、どこかの地点で潰されていたと断言できる。

大半の予想を裏切って、駆のリクエストは承認されることになった。今後、駆は全てのクライアントに関して、真悟だけとチームを組むことになった。当然、駆は幾つかのクライアント担当から降りることになった。

一方で、真悟は他のコピーライターともチームを組むことを選んだ。真悟が慎重になったのには、身内の事情があった。北海道で蕎麦屋を営む実家は、長男である真悟の代わりに弟が後継に決まってはいたのだが、高齢の両親は、真悟にことあるごとに戻ってくるように伝えていた。

もし、リストラにでもなったら、実家へと戻らなければならない。しかし、帰省したところで一体何をすればいいのだろうか。家族の反対を押し切って、東京の美術大学まで卒業したというのに。今更、弟の下で働くのは、意地でも避けたかった。そんな状況により、真悟は自らに保険をかけたのだった。

駆は真悟から事前に相談を受けていた。真悟の事情は理解できたのだが、頭のどこかで納得がいかなかった。これまで二人で身を削りながら、苦楽を共にしてきたのだ。全身全霊を捧げて、結果を残してきたのだ。今更、自分だけに保険をかけるのは、裏切り行為ではないのか――

駆と真悟は時間をかけて、何度も話し合ったが、結論は、いつも同じに終わった。結局のところ、余儀なく二人は袂を分かつことになった。

真悟という相棒を他人に奪われるのは、自らの身体の一部を失ってしまうような痛みと苦しみが伴った。それでも、駆は割り切って、様々なアイディアを生み出していった。担当クライアントが減った分、時間的に余裕ができたのは、まさに怪我の功名だった。

対して、真悟は日常的な業務に追われるようになっていた。極力、駆との時間をつくろうとするのだが、複数のコピーライターからの仕事に支障をきたしてはならない。真悟は誰に対しても愛想が良かった。それがネックとなり、やがて、二人はすれ違うことが多くなっていった。

二人でがっぷりと四つに組む時間が減った。その改善策として、駆は真悟との日常的な業務の時間を削って、Cannes Lions に向けてクリエイティブを開発するように切り替えた。とはいえ、そのどちらも手は抜けない。一度でもミスを犯せば、担当営業にも、クライアントにも、迷惑をかけることになるからだ。

時には睡眠時間を削り、時には頭痛薬を飲み、時には掴みかかる勢いで議論を交わした。駆にしても、真悟にしても、まさに正念場だった。

そんな綱渡りのような半年間を経て、二人は、ようやく一つのＴＶＣＭを完成させた。広島への原爆投下をモチーフにして、核兵器廃絶を訴えた「ピースフル・ヒロシマ」のクリエイティブは、国内の広告賞を総ナメにすることになった。

しかしながら、真の戦いはここからだった。既に二人の胸の内では、Cannes Lions に標準が定められていた。二人の祈りにも似た願いは天に届いた。そのＴＶＣＭは、社内審査を通って、Cannes Lions へとエントリーされることが決定された。


それから三ヶ月後――

六月の最終週に、駆と真悟は、滞りなくフランスのカンヌへと渡航することになった。二人共に、お互いへのわだかまりは消えていた。例え、それぞれに考え方の違いはあるにしても、それなりの時間をかけたことで相手を受け入れられるようになっていた。また、国内から離れれば、二人を取り巻く余計なしがらみからも離れることができた。その解放感からか、二人共に気持ちがリセットされた。何はともあれ、国内においては最高の結果を残せたのだ。その動かぬ事実は、一段と二人の絆を強めることになった。

成田からのフライト直後に、真悟は真顔で口を開いた。

「駆さん、正直に話します。チーム編成のいざこざがあって以来、いろんなコピーライターと組んできましたけど。やっぱり駆さんが、僕にとって一番の相棒だってことがはっきりと分かりました」

「真悟、嘘でも嬉しいよ。俺にとっての一番の相棒は、間違いなくお前だからな。何よりも、こうして二人一緒に Cannes Lions へ参加できるということに幸せを感じるよ。何度も繰り返して、この瞬間を迎えられるのを想像しながら、俺はアイディアを考えて、コピーを書き続けてきたんだからな」

「僕も、同じ気持ちですよ。今、この上ない幸せを感じています。あの騒動以来、なかなか時間が調整できなくなって、何度か、諦めかけていたんですが。駆さんの意気込みを目前にすると、闘志が湧いてくるんですよね。だから、いつも、自分自身に負けちゃいけないって言い聞かせていましたよ。ありがとうございました」

「礼を言わなきゃならないのは、俺の方だよ。コピーライターは、アイディアも考えるし、コピーも書く。しかし、結局のところ、アートディレクターがビジュアルとして定着させないと、全てが机上の空論に終わってしまうからな。真悟、俺たちはやり切ったんだ。その半分は、お前のおかげさ。どうもありがとう」

その後、二人は乗り継ぎ先のパリまで、十五時間近く夢中になって喋り続けた。その大方が、クリエイティブに関する話題だった。駆のみならず、真悟もすっかりとグローバルのクリエイティブの動向に目を光らせるようになっていた。二人はすれ違った時間を埋めるように話し続けた。お互いのクリエイティブに関する情報を交換しながら、様々な国際広告賞で目立ったクリエイティブに対して、双方の意見をシェアしていった。気の済むまで言葉を交わすことで、二人共、久しぶりに一つになれた気がした。

パリのシャルル・ド・ゴール空港でのトランジットの間、二人はターミナル内にあるバーに立ち寄り、ビールで乾杯をした。

「真悟、郷に入れば、郷に従えだ。フランス語で乾杯をしよう」

「いいっすね」

「チンチン！」

「チンチン！」

二つのグラスが重なると、カンカーンと決戦を告げるゴングのように聞こえた。

「いよいよCannes Lionsの幕開けだな」

「ですね。自分の胸が高鳴っているのが分かりますよ」

「俺も、同じさ。何と言っても、世界中のクリエイターたちの決戦の場だからな。果たして、俺たちのクリエイティブが世界に通用するのか。それを、じっくりと拝ませてもらおうじゃないか。明日から七日間、気合いを入れて行こうぜ」

「了解です」

Cannes Lionsは、広告業界において世界最大の祭典である。参加人数は、一万人以上とも言われる。これまで駆と真悟が参加してきた広告祭に比べて、圧倒的に規模が大きいのだ。日程は一週間にも及び、毎晩、エントリー部門ごとの授賞式が行われる。昨今では、テクノロジーを駆使したサイバー部門やチタニウム部門などの様々な部門が新設されているのだが、毎年、最大の注目を浴びるのはフィルム部門だ。その証拠に、毎年、最終日の授賞式は、フィルム部門と相場が決まっている。それはCannes Lionsの起源が、ＴＶＣＭと劇場ＣＭだったからだ。

他の広告祭と最も異なるのは、各部門共に、ウィナー、及び、ファイナリストが決定される以前、つまり、エントリーされた全てのクリエイティブを視察できる点にある。そのために、エントリーパスは、日本円にして四十万もの高額になっているのだ。会場のエントランスでは、パスをチェックするセキュリティたちが目を光らせている。カンヌの町中では、そのエントリーパスを首からぶら下げたクリエイターたちが、初夏の風物詩にさえなっている。

駆と真悟は、渡航前にサリーをはじめとして、Cannes Lions に参加したことのある同僚たちから入手した情報をつぶさに確認しあった。

直に、ニースへの乗り継ぎ便の時間となった。二人はバーの席から立ち上がって、搭乗口へと移動をはじめた。空港内では、何度も、広告関係者らしき日本人グループの姿を確認した。皆一様に浮かれている様子が見て取れた。

Cannes Lions は、クリエイターたちの祭典でありながらも、CMプロダクションが広告代理店を接待する場所でもある、との話を耳にした。その中には、会場に足を運びもせずに、ゴルフに興じる者たちもいるらしい。朱に交われば赤くなる。駆と真悟は、極力、日本人との関わりを避けることを予め決めていた。二人に共通している点は、クリエイティブに対して至ってピュアなことだった。そんな訳で、二人共に日本人には警戒を払って、遠ざけるようにしていた。

パリからニースまでは、一時間半ほどのフライトだった。それまでずっと喋りっぱなしだったので、二人は仮眠を取ることにした。しかし、気持ちが昂って、なかなか寝つけなかった。ようやくウトウトしてきた頃には、航空機はニースのコート・ダジュール空港に到着していた。

バゲッジ・クレームでスーツケースをピックアップして、空港から表に出ると、太陽が燦々と降り注いできた。余りにも眩しくて、二人共に手荷物からサングラスを取り出した。額には汗が滲んでいた。ニースがある南フランスは、すっかりと真夏の様相だった。

空港からカンヌへは、二十五キロメートルばかり離れている。それは、事前にチェック済みだった。二人はスーツケースを転がしながら、タクシー乗り場へと向かった。既に何十人もの行列ができてはいたが、タクシーもひっきりなしにやってくる。十分ほど並んでから、二人はタクシーに乗り込んだ。

フランス人のドライバーは、ハイウェイに乗った直後、猛スピードを出しはじめた。白い壁面には、所々にグラフィティが描かれていた。それらを目で追うのだが、瞬く間に後ろへと流れていった。スピードメーターは、百二十キロメートルを指している。しかしながら、フランス人のドライバーは陽気に鼻歌を口ずさんでいた。

三十分が過ぎた頃、タクシーはハイウェイから降りた。すると、風光明媚な景色が目に飛び込んできた。やがて、タクシーは海岸線の道に入っていった。窓から望んだ海の色は紺碧だった。ため息が出そうなほどに美しかった。フランス人のドライバーは「これがカンヌのメインストリート、クロワゼット通りさ」と伝えてくれた。

海岸線に沿ったストリートで肩を並べるパームツリーは、時折、風に揺られている。その姿は、まるで二人に歓迎の挨拶をしてくれているかのようだ。

ふと駆が時間を確認すると、午後六時を回っていた。それにしても、日が高く、まるで昼間のような雰囲気である。そのことをフランス人のドライバーに尋ねると「カンヌは、この時期、午後九時近くまで明るいんだよ」と教えてくれた。

タクシーは海沿いの豪華なホテルが立ち並んだ場所を通り過ぎて、高級ブランドのブティックが並ぶ一角を右折して路地に入った。そして、一ブロックもいかない場所で停車した。渡航前、日本支社のクリエイティブの秘書である青木から、滞在先は、家具付きのアパルトマンになったと聞いていた。フランス人のドライバーは、住所を確認して「この建物だ」と告げてきた。二人はやや戸惑いながらも、タクシーから降りることにした。料金を支払うと、フランス人のドライバーは早々と立ち去っていった。

「駆さん、タクシーで来なかったら、絶対に迷っていましたね」

「ああ。着いたばかりで、どの建物も同じに見えるからな。そうだ。部屋の鍵は、一階の管理室で受け取るように、と青木さんから言付かったんだった」

「そうでしたよね。でも……」

真悟が疑問に感じるのは、無理もなかった。石造りの建物には、背の高い木製の扉が無言で二人を見下ろしているだけだったからだ。

「おっ、真悟。扉の脇にインターフォンがあるぜ。とりあえず、ボタンを押してみよう」

駆の判断は正しかった。インターフォン越しに、自分たちの名前を告げると、すぐに木製の扉からロックが外れる音がした。どうやら、管理人が遠隔操作しているようだ。木製とはいえ三メートル近くある扉は重かった。駆は力を込めて扉を押し開けた。中は真っ暗だったが、スーツケースを転がして一歩踏み込むと、オートマチックのセンサーで明かりがついた。同時に一階の部屋から、年老いた女性が顔を覗かせた。年老いた女性は、手招きをしている。駆と真悟は顔を見合わせてから、年老いた女性の元へと歩いていった。

「ボンソワール。これがあなたたちの部屋の鍵よ。滞在するのは二人と聞いていたから、鍵は二つ渡しておくわ。部屋は三階なのでエレベーターを使ってくださいな。一週間後に部屋を退出する際は、鍵を扉に差しっぱなしにしておいてちょうだい。では、私はもうすぐ夕食なので、帰宅しますわ。ここで失礼するわね」

年老いた女性はそう言うなり、アパルトマンから出ていってしまった。駆と真悟は、案内に従って、エレベーターで三階へと上がった。三階には二つの扉があった。どうやら、このアパルトマンは一つの階につき、二部屋が存在するという構造らしい。部屋番号を確かめると、駆は鍵を鍵穴に入れた。しかし、なかなか鍵は回ってくれない。真悟が代わって試してみたのだが、結果は同じだった。部屋に入れない。加えて、管理人の年老いた女性とは、連絡の取りようもない。早速、トラブルが発生したのだった。

しかし、これまで様々な旅のトラブルを乗り越えてきた駆は冷静だった。立ち尽くす真悟を横目に、躊躇《ちゅうちょ》することなく向かいの扉を叩きはじめた。すると、「はい」という返事と共に扉が開いた。顔を覗かせたのは、白髪の老夫婦だった。

駆は、鍵が回らないという状況を伝えてから、管理人の連絡先を尋ねたのだった。

「ちょっと鍵を貸してごらん」と白髪の男性は言うなり、部屋から裸足で出てきて、開かずの部屋の鍵穴に鍵を差し込んだ。それから、鍵とドアノブを調整するように微妙に動かしながら、器用に開錠したのだった。

「この建物では鍵を回すのは、ちょっとしたコツが要るんだよ。僕たちの部屋もそうだったんだ。何と言っても、古い建物だからね。まあ、フランスではよくあることさ」

「おかげで助かりました。どうもありがとう」二人は交互に礼を述べた。

「君たちは、今日、到着したのかね？」

「ええ、そうです」

「どこから来たんだい？」

「日本の東京ですよ」

「へえ。随分、遠いところから来たんだね。ご苦労さんだったね」

白髪の男性は、手を差し出した。駆、真悟の順番で、その手を強く握った。

「カンヌは、田舎町だけれど、とてもいい場所だよ。僕たちは、パリに住んでいるのだけれど、時々、ここにやって来るんだ。君たちも存分に滞在を楽しんで」

白髪の男性は、そう告げると自分の部屋に戻っていった。

駆と真悟は、その場で、白髪の男性に習って、何度か試してみた。鍵とドアノブを調整すれば、スムーズに開錠することが確認できた。

「よし、これでコツは掴んだぞ」

「僕も何となく分かりましたよ」

それから、スーツケースを引き摺って部屋へと入っていった。アパルトマンの部屋は、想像以上に広かった。その上、しっかりとリノベーションがされていた。

四十平米ほどのキッチン兼リビングルームに加えて、ダブルベッド付きのシングルルームが三つ、そして、広々としたバスルームと二つのトイレがあった。

「おおっ、結構、広々した間取りなんだな。鍵が回らなかった時は、一体、どんな部屋なんだと不安に感じたんだけどさ」

「ですよね。しかも、とても綺麗な部屋じゃないですか。あっ、駆さん、バルコニーからちょっとだけ海が見えますよ」

真悟の言葉通り、手狭なバルコニーから、僅かながらも確かに海が見えるのだった。

「海沿いにあった豪華なホテルのオーシャンビューっていう訳ではないけれど、これはこれで、味わい深くていいじゃないか。青木さんが言ってたけど、ここら辺のホテル、Cannes Lions の時期には宿泊費が三、四倍に跳ね上がるらしいからな」

「その話、僕も聞きました。いい部屋は、一泊、十万円超えっていう話でした」

「一週間滞在したら、七十万以上かよ。エントリーパスにしても、二人で八十万円かかっているんだから、贅沢は言えないよな」

「そうですよ。さらには、航空運賃に一週間の食費まで、会社持ちなんですから」

「まあ、金の話はそれくらいにして。長旅の汗を流すために、シャワーでも浴びようぜ」

「駆さん、お先にどうぞ。僕は荷物を解いていますから」

「サンキュー。それでは遠慮なく」

一瞬の間に、二人は部屋割りを決めて、それぞれの行動を開始した。

駆は、個室に入るとスーツケースからバスタオルと歯ブラシのみを取り出して、バスルームへ向かった。真悟は、スーツケースに入った洋服類を設えつけのクローゼットへと移し替えていった。

自宅からの移動を合わせれば、二十時間ほど経過しているのだ。駆は、熱いシャワーで汗と疲れを洗い流していった。ついでに、シャワーを浴びながら歯磨きをした。さっぱりと綺麗になると、まるで自分が新品に生まれ変わったような気がした。

「真悟、お待たせ。お湯の出は問題ないぜ」

「了解です」

真悟がバスルームへ消えてから、間もなくすると、玄関口のドアをノックする音が聞こえてきた。駆は、腰にバスタオルを巻いたまま扉を開けた。すると、向かいの部屋に滞在している白髪の男性が裸足で立っていた。

「どうしました?」

「やあ。君たち、夕食がまだだったら、こっちの部屋に来て、一緒に食べないかい? 先程、僕たちの友人夫婦が合流したのだけど、予想以上に沢山の料理を持ってきたんだ。生憎、僕の妻も張り切ってあれこれ料理していてね。どう考えても四人じゃ食べきれないほどの量になってしまったのさ」

「えっ、そうなんですか。実は移動時間が長かったので、流石にこれから出かけるのはちょっと辛いなと思っていたんです。今、相棒がシャワーを浴びているので、後ほど、顔を出しますよ」

「何か、特に食べたい物はあるかい?」

「ビールと赤ワインですかね」

「ハハハ、お酒も沢山あるよ。僕たち夫婦も、友人夫婦も呑兵衛だからね」

「必ず、顔を出します!」

「では、後ほど」

「はいっ」

駆はドアを閉めると、自然とニヤけた。

部屋に掛かっている時計の針は、午後八時をさしていた。しかしながら、窓の外はまだ明るいままだった。駆はバルコニーのストゥールに坐って一息ついた。そして、真悟がバスルームから出てくるまでの束の間、海を眺めながら、ぼーっとしていた。

「ああ、気持ちよかったです」

バスタオルを腰に巻いた真悟が、満足そうな表情で近づいてきた。

「真悟がシャワーを浴びている間に、向かいの白髪の男性がやって来てな。何と、夕食に招待してくれたんだ」

「えっ、マジっすか?」

「飯だけじゃなく、酒もたっぷりとあるらしい」

「最高じゃないですか。シャワーを浴び終わったら、急に腹が減ってきて。何か食べたいなと思っていたところだったんですよ」

「よし。じゃあ、速攻で服を着て、向かおう」

「はいっ」

駆も真悟も、Tシャツに短パン姿になった。足元は、色違いのハワイアナスのビーチサンダルだった。駆はスカイブルーで、真悟はダークグリーンだ。向かいのドアをノックすると、白髪の男性が笑顔で迎えてくれた。

「待っていたよ。さあ、どうぞお入りなさい」

「はい。では、お邪魔します」

早速、駆と真悟は、リビングルームへと案内された。特大のダイニングテーブルの上には、色取り取りの料理が所狭しと並んでいる。白髪の男性の隣では、先程見かけた白髪の女性が微笑んでいた。向かいの席には、恰幅のいい夫婦が坐っていた。

「カンヌへようこそ」白髪の男性は戯《おど》けた口調で言った。「僕の名前はルイで、妻はジャンヌ。そして、彼らが友人夫婦のニコラとパトリシアさ」

「自分はカケル。彼はシンゴ。今夜は、お招きいただいていて、ありがとうございます」

駆がそう伝えると、真悟がペコリと頭を下げた。

お互いの自己紹介を終えると、ルイとニコラが挨拶がわりの握手を求めてきた。駆と真悟は、順々に二人の男たちと握手を交わしていった。

「カケル、シンゴ。ここに坐って。まずはビールで乾杯をしよう」

ルイの指示に従って、二人は用意されていた席に着いた。すると、ジャンヌが冷蔵庫から冷えた缶ビールを持ってきて手渡してくれた。

「メルシー」駆が気を利かせて、フランス語でお礼を述べると、その場がどっと沸いた。

「いい発音だね」ニコラがウィンクした。「ルイの話によれば、君たちは日本人なんだってね。私と妻は、一度、日本へ訪れたことがあるんだ。確か、君たちの国では、アリガトウだったよね」

「はい。あなたの発音もいいですよ」駆は感心して言った。

ニコラは嬉しそうな表情を見せた。「では、乾杯をしようじゃないか。カンパーイ!」

駆と真悟は顔を見合わせてから声を揃えた。「チンチン!」

六人の杯が交わされた。全員が乾杯を終えたタイミングで、ジャンヌが「どうぞ召し上がれ《ボナペティ》」と言った。料理は、実にバラエティに富んでいた。その中には、見たことのない料理も混ざっていた。二人が尋ねると、どれもが一般的なフランスの家庭料理ということだった。

「キャロットラペ、ジャガイモのガレット、サーモンのカナッペ、キッシュ、ラタトゥイユ、ブイヤベース……」ジャンヌは一皿ずつ説明してくれた。

駆と真悟は、言われるままに片っ端から口に運んでいった。

「全部美味しいですよ」駆が感想を述べると、真悟が同意を示すように大きく頷いた。「まさか、フランスの家庭料理を食べられるなんて、思ってもみなかったから、とても感動しています」

「あらっ、それはよかったわ」ジャンヌとパトリシアは声を揃えて言った。

「フランス料理って、敷居が高いと思われがちだけれど、家庭で作る料理は、味付けも調理法もシンプルなものが多いのよ」ジャンヌは照れくさそうに言った。

「そうそう。覚えたら、誰にでも作れるわ」パトリシアが言葉を付け加えた。

「僕は、この一品が気に入りました。もしかしたら、ラザニアですか?」食べるのに夢中になっていた真悟も会話に入ってきた。

「ううん、違うのよ」ジャンヌが首を振った。「これはね、アッシ・パルマンティエという料理名なの。挽肉をマッシュポテトで覆ってオーブンで焼き上げたもの。フランスではお袋の味と言われてるのよ」

「なるほどです。これがお袋の味なんですね。何となく懐かしい味がします」真悟が言った。

「もしかしたら、君の前世は、フランス人なんじゃないか」ルイがジョークを飛ばした。

「かも知れないですね」真悟がとぼけた口調で応じると、皆が腹を抱えて笑いはじめた。

夕食会は、終始和やかなムードで続いた。駆も真悟も、お腹いっぱいになるまでご馳走になった。勿論のことだが、お酒も沢山振る舞ってもらった。暫くビールを飲んだ後は、白ワインや赤ワインが出された。特にルイが「ブイヤベースには、これに限るんだよ」とお勧めしてくれたロゼワインは絶品だった。

「日本では、こんなに美味しいロゼワインはなかなかお目にかかれないですよ」と駆が言うと、ルイもニコラも「どんどん飲みなさい」と口を揃えた。極め付けは、食後のコニャックだった。

気づいた時には、一気に酔いが回りはじめてきた。勧められるままにお酒を飲み干していくうちに、駆も真悟もウトウトしてきてしまった。

「君たち、まだ飲み足りないんじゃないか」と主張するルイとニコラの男性陣に対して、ジャンヌとパトリシアの女性陣は「二人共、いい加減にしなさい」と遮った。

酒を浴びて陽気になり、羽目を外してしまうのは、どうやら日本でもフランスでも同じようだ。宴もたけなわというあたりで、ようやく解散ということになった。

「美味しい食事とお酒、ご馳走様でした。そして、素晴らしい時間が過ごせました。どうもありがとうございました」最後は、駆が言葉を締めた。席から立ち上がって歩きはじめると、二人共に千鳥足になっていた。二組の夫婦は、温かい眼差しで見送ってくれた。時間を確認すると午前零時を回っていた。

「おやすみ」

「おやすみなさい」

駆と真悟は、歯も磨かずにそれぞれの個室へと戻った。そして、ベッドにダイブすると、二人共々、一瞬のうちに意識を失ったのだった。

12

翌朝、駆は気持ちよく目覚めた。

「あー、よく寝たなあ」と言いながら、勢いよく起き上がった。すぐさま、太陽を浴びるためにバルコニーへと向かった。昨夜、向かいの部屋から戻るときには泥沼を歩いているように重かった足取りが、嘘のように軽やかになっていた。

バルコニーのストゥールに坐って、眩しい光に包まれながら海を眺めた。駆が一人暮らしをしている中野区の方南町では、決して目にすることができない景色が、目の前に広がっていた。普段の生活とは、異なる風景を愛でる。すると、まるで魔法にかけられたかのような気持ちになれる。旅先で味わうこのひとときは、何物にも替え難いのだ。

間もなくすると「おはようございます」と真悟が顔を見せた。

「おはよう。よく眠れたか？」

「はい。ぐっすりと眠れました。何だかスッキリしていますよ」

「俺もさ。さっきまで一度も目覚めなかった。考えてみれば、今回のフライトでは、ほとんど寝てなかったからな。そのおかげか、時差ぼけもほとんど感じない」

「確かに、言われてみればそうですね。しかし、毎度のことですが、昨夜もかなり飲んじゃいましたね」

「真悟と二人でいると、アルコールの方から寄ってくるんだよな」

「アハハ、それは間違いないですね」

「それにしても、昨夜は、いい人たちに出会えた。あんなラッキーなことは、日本では滅多に起きないけれどもさ」

「駆さんと二人でいると、アルコールだけではなくて、いい人たちも寄ってくる気がしますよ。それは、やっぱり駆さんの心がオープンだからでしょうね」

「そうかい？」

「ええ、それも間違いないです。だって、駆さんと旅をしていると、いつも、あり得ないことが起こるじゃないですか。しかも、かなりの確率で。前にも伝えましたけど、そういうオーラを放っているんですよ」

「確かにそうかも知れないな。俺は、昔から、外国人には何故かウケがいいんだ。逆に、日本人からはウケが悪い。俺自身は、外国人にも、日本人にも、同じように接しているつもりなんだけれどな。日本人からは、妙に煙たがられたり、妙に避けられたり、妙に目の敵にされてしまうんだよな」

「駆さんも、きっと前世は、日本人じゃなかったんですよ」

「お前みたいにか？」

「ハハハ、そうです。前世がフランス人の僕から見ても、その線が濃厚ですね」

「アハハ、そいつはいいや」

バルコニーでそんな冗談を交わしていると、午前九時になった。

「真悟、そろそろ動き始めよう」

「そうですね。今朝は、エントリーパスをピックアップしなければならないですからね」

「その通りだ。青木さんが二人分の申請を済ませてくれたから、後は受け取るだけなんだが。初日だから、混み合うことは充分に考えられる。そうだ。IDとしてパスポートを忘れないようにな」

「了解です」

すぐに二人は身支度をして、部屋を後にした。これまでの経験から、上着を一枚持参することは忘れなかった。これだけ暑いのだから、会場の中では冷房が必要以上に効いていることが予測できたからだ。一歩外に出ると、サングラス越しでも太陽がとても眩しかった。

アパルトマンの建物から二分ほど歩けば、クロワゼット通りだった。風に揺られるパームツリーが立ち並ぶ中央分離帯を横断して、二人はビーチ側へと渡った。少し背が低めのシュロや緑の葉をつけた木々が点々と植えられ、芝が敷き詰められた美しい遊歩道では、何組ものカップルや家族連れがゆったりと散歩をしていた。パレの方へ向かって歩いていくと、フランス映画に登場するようなメリーゴーラウンドが目に入ってきた。その後ろでは、ゴールデンサンドのビーチと紺碧の海が、二人に向かって微笑んでいた。

「駆さん、カンヌって、まさに絵に描いたようなビーチリゾートですね」

「そうだな。どこを切り取っても絵になる気がするよ。何となくハワイのビーチの面影もあるのだけれど、同時に、ヨーロッパ独特の雰囲気も感じられる。不思議な気もするけれど、よくよく考えてみれば、建物やランドスケープがヨーロッパそのものだし、加えて、ヨーロピアンたちが圧倒的に多いからだろうな」

「ハワイなら、僕も訪れたことがあるので、何となく分かる気がします。似た部分と違う部分に別れるかも知れないですね。でも、こうして歩いているだけで、ウキウキしてくる空気感は同じですよ。ここにも、あのハワイの感じがありますね」

「ああ、その通りだ。あとはさ、何か懐かしい匂いがする」

「懐かしい匂いですか？」

「そう。ちょっと立ち止まって、深く息を吸ってみろよ。凄くいい匂いがしてこないか？　海からの潮風と南国の花々が混じり合ったような、少し甘い匂いさ」

「言われてみれば、確かにしますね」

「人の心を解放させてくれる匂いさ。この匂いを嗅ぐと、どういう訳だか、俺は知らず知らずのうちに元気になれるんだよ。さあ、張り切っていこうぜ」

間もなくすると、二人はパレに到着した。Cannes Lionsのロゴマークとアイコンであるライオンの横顔が描かれた横断幕が目に眩しかった。会場になる建物の真正面には、何十段もの階段があって、その上にはレッドカーペットが敷かれていた。

「駆さん、ここ、もしかしたら、ハリウッドスターたちがシャッターのシャワーを浴びている、あの場所じゃないですかね？」

「おそらく、そうだろうな。カンヌ映画祭が開催されるのは、毎年、五月だ。一ヶ月前だったら、このレッドカーペットは、映画スターでもない限り、一歩たりとも足を踏み込めないはずだ」

「だったら、踏んでみましょう……」

そう真悟が言い終わる前に、駆はレッドカーペットの敷かれた階段を登りはじめていた。

「駆さん、待ってくださいよ」

「ハハハ。真悟、早く、登ってこいよ」

遅れて、真悟も階段を登りはじめた。

駆は階段の一番上に着くと、親指を立てるジェスチャーをしてポーズを取った。真悟は申し合わせたように、デジタルカメラを取り出してシャッターを切った。その後、二人は入れ替わり、真悟も同じようにポーズを取った。駆は真悟に代わって、素早くシャッターを切った。二人共に、トロフィーを抱えて階段を降りてくる姿が頭をよぎったのは、言うまでもない。

駆と真悟は、意気揚々とパレの内側へと足を踏み入れた。そして、エントリーパスを受け取るためにレセプションへと向かった。既に、レセプション前には、人だかりができていた。二人は、行列ができている最後尾に並んだ。幾つものブースが設けられていたので、順番は割とすぐに回ってきた。

パスポートを提示して、名前を告げると、受付の女性は申請情報と照合した。確認が済むと、受付の女性は宿泊先を尋ねてきた。駆は、抜かりなくメモしてきたアパルトマンの名称と住所を伝えた。次に、受付の女性から、テーブルに設置してある簡易カメラに顔を向けるように指示された。撮影が終わると、エントリーパスが作成されるまで待機するように伝えられた。数分後、顔写真が入ったエントリーパスが首尾よく手渡された。

早速、二人は、エントリーパスを首からかけたのだった。

会場内に入っていくと、タイのクリエイティブ研修で仲良くなったバンコク支社の二人とばったり出会った。「ヘイ、ブラザー」思いがけない再会が嬉しくて、駆も真悟も思わず握手をする手に力が入ってしまった。挨拶が終わると、バンコク支社の二人から、エントリーキットを貰いにいくようにアドバイスされた。どうやら、Tシャツ、Cannes Lions の全スケジュールやエントリー作品などが網羅されたガイドブックをはじめ、オリジナルノートなどをワンセットになったものが、配られているらしい。初参加ということで右も左も分からないだけに、ありがたい情報だった。

駆と真悟は、バンコク支社の二人に「また会おう」と別れを告げて、エントリーキットを手に入れるために地下一階へと向かった。

エントリーキットを受け取ると、二人は、早速、リストの中から自分たちのエントリー作品を探しはじめた。フィルム部門のパートを何頁もめくり続けていると、ようやく自分たちがエントリーしたTVCMのタイトル、及び、社名が印刷されている頁を確認できた。それにしても、なんという数の多さだろう。フィルム部門だけでも、気が遠くなるほどの数のTVCMがエントリーされているのだ。

次に、カテゴリー別に分けられたフィルム部門のスケジュール一覧に目を通した。そこには、会場内にある何十ものシアターごとに、上映されるカテゴリーと上映時間が明記されていた。

「真悟、出来る限り、多くのエントリー作を目にすることを心がけよう」

「了解です。ただ、先程からスケジュールをチェックしているんですが、幾つかのカテゴリーは、上映時間が被ってしまっていますよ」

「その点は、俺も気づいていたよ。まずは、俺たちのエントリーしたカテゴリーであるパブリックメッセージを観よう。スケジュールによれば、今から四十分後に上映されるから、こいつを優先的にチェックしようじゃないか。次は、仕事で担当しているカテゴリー、そして、お互いに興味あるカテゴリーを中心にして、仮の予定を組んでみようぜ」

「分かりました」

「出来る限り多くのエントリー作を目にするんだぞ。もし、どうしてもカバーできないなら、二手に別れても構わない」

「そうですよね。どうしても、全部には目を通すことはできなさそうですからね。それにしても、予定を組むのも一苦労ですね。だって、フィルム部門だけじゃなく、グラフィック部門やウェブ部門など、多岐に渡っているんですから」

「世界のCannes Lionsだ。そう簡単には、攻略することはできないさ」

二人は、フリースペース内のテーブルに荷物を置いて、椅子に腰掛けた。それから、お目当てのカテゴリーの上映がスタートするまで、目を皿のようにしてスケジュールと睨めっこをしていった。

「真悟、そろそろ時間だな。何となく組めたか？」

「大体は組めました。でも、このカテゴリーを取ると、あのカテゴリーが観られない。あのカテゴリーを取れば、このカテゴリーが無理になる。結構、難しいですね。難度の高いパズルみたいでした」

「うん、お前の言う通りだ。俺も何度かパターンを変えて試してみたけれど、全部をカバーするのは、無理だな。観なくてもいいカテゴリーを決めた方が良さそうだ。後ほど、どんな風にスケジュールを組んだのか、お互いに確かめ合おう」

「はい。では、移動しましょうか」

「ああ。俺たちの Cannes Lions の初視察へ」

「ええ。僕たちの Cannes Lions の初視察へ」

駆と真悟は、パブリックメッセージのカテゴリーが、上映されようとしているシアターに急いで向かった。初日の初っ端の上映だからだろうか、観客席は、ほぼ埋まっていた。運よく隣り合わせの二席が空いているのを見つけて、二人は席に身体を滑り込ませた。

「駆さん、この椅子の坐り心地は、最高ですね」

「そりゃ、そうさ。何と言っても、ここは、世界最高の文化人たちが集まる場所なんだから。観客席一つとっても、レベルが違うのは当然だろう」

二人がたわいもない会話を交わしていると、照明が落とされて、スクリーンにＴＶＣＭが映された。それから、二時間に渡って、ひっきりなしに様々な国からエントリーされたＴＶＣＭが流れ続けた。英語以外の国のＴＶＣＭには、字幕が当てられていたので、二人共に七～八割方は理解することができた。

観客はほぼクリエイターだけに、鑑賞する目はシビアそのものだった。クリエイティビティの低いと判断されたＴＶＣＭには、容赦なくブーイングが飛んでくるのだ。一方、その逆も然りだった。つまり、クリエイティビティが高いと判断されたＴＶＣＭには、拍手喝采となる。さらに、素晴らしいと認められたＴＶＣＭには、「ブラボー」という激励のエールが贈られるのだ。会場の反応は、非常に分かりやすいものだった。

駆は真悟と共に、自分たちのエントリーしたＴＶＣＭが、目の前のスクリーンに映し出されるのを、今か今かと待っていた。半分は、会場を沸かすかも知れないという期待に胸を膨らませて。もう半分は、ブーイングに晒されるかも知れないという不安に駆られながら。

そのタイミングは突然にやって来た。

スクリーン一杯に、二人が手がけたＴＶＣＭが流れはじめたのだ。二人共に息を飲みながら、静かに見守った。映像を観ながら、このＴＶＣＭに費やした時間や手間が脳裏をよぎっていく。

二人は、感無量になった。ところが、良くも悪くも会場の反応は、それほどはなかったのだった。

残りの映像を観終わった二人は、シアターから出た瞬間、同時に首を傾げた。

「真悟、俺たちのＴＶＣＭ、ウケてるのか、ウケてないのかはっきりしなかったな」

「そうなんですよね。僕にも、さっぱり分からなかったです」

「やっぱりそうか。もしかしたら、無視されてしまったのかも知れないな。モチーフが原爆だろう。あの戦争においては、原爆投下は正しかったというアメリカ人の声もある訳だから。欧米人と日本人が異なった反応を示すのは、当然なのかも知れないけど。正直なところ、全く手応えが感じられない。欧米人が多い審査員を前に、どこまで受け入れられるのかが不安だよ」

「なるほどです。審査は結果であって、審査員の腹の中までは見えないですからね」

「ああ。どんな審査員にだって、好き嫌いもあるだろうし、どんな環境で生まれて、どんな生い立ちの中で育ってきたかで、審査ポイントも変わってくるだろうしな」

「そうですね。これまで自分の中に築き上げてきた人生観まで変えるのは、流石に難しそうですからね」

「それは不可能に近いよ。審査員だって、所詮は人間なんだしな。それにバックグラウンドを塗り替えることなんてできやしないから。けれども、Cannes Lions の審査員に選出される人物であるならば、無条件にフェアであって欲しいよ。ここは、あくまでも、政治を論じる場ではなく、クリエイティブを論じる場であってもらいたい」

「ええ、その通りだと思います。しかし、審査員の顔ぶれを見ていると、やはり白人というか、欧米人が多いですよね。僕は、もっと様々な国籍の審査員に広げた方が、絶対的にフェアな審査になると感じています」

「全くだな。この先、アジア出身の審査員が増えていけば、審査基準もまた大きく変わっていくかも知れないいな」

「駆さん、あと三時間です」

「真悟、あと一時間半だな」

「駆さん、あと一時間です」

「真悟、あと三十分だな」

そう二人は、幾度も呟き合いながらも、席から一歩も立たなかった。余りにも長すぎるためなのか、痺れを切らしてシアターから立ち去る人たちもいた。そんな彼らを横目にしながらも、二人は、必死でスクリーンに齧りついていったのだ。かなり集中していたため、上映時間が終了する頃には、二人共にぐったりしていた。

「真悟、お疲れ。想像以上に長かったな。まるで、TVCMのシャワーを浴びているようだったよ」

「駆さん、疲れましたが、相当、勉強になりましたよ」

「俺もだよ。あれだけ数が多いと、自分の中に一つの審査する基準ができるよな」

「そうなんですよね。数秒、観ただけで、ストーリー展開なんかも読めてくるようになりますしね」

「何よりも、いいTVCMか、そうじゃないTVCMかを、瞬時に判断できるようになってくる。審査員も大変だなと感じたよ。それにしても、まだ目がチカチカしてるよ」

「そうですね。ちょっと外の空気を吸いに行きましょう」

二人は、パレの外に出た。すると多くのクリエイターたちがあちこちで歓談をしている様子が目に入った。まだ、明るいが、時間は午後六時になっていた。

「真悟、スケジュールによると、今晩は、オープニング・パーティーがあるみたいだ。どうやら、パーティーには、大勢のクリエイターが詰めかけるみたいだから、乗り込んでみようぜ」

「そうですよね。今日は、そろそろ切り上げて、一旦、宿泊先に戻りましょうか?」

「だな。上映スケジュールもほぼ終わっているしな。本物のシャワーでも浴びて、一息入れようぜ」

「了解です」

駆と真悟は、人だかりを避けながら、アパルトマンへ戻った。午前中よりも、町全体が明らかに賑わってきていた。途中から、二人はクロワゼット通りから一本道を逸れて、スーパーマーケットに立ち寄ることにした。熱いシャワーを浴びたら、冷たいビールがなければならない。二人共に、そこは譲れなかったのだ。

駆は、ビールをキャッシャーに運んでいる際、突然の空腹感を感じた。上映されるスクリーンに夢中になる余り、朝食も昼食も忘れていたのである。

「駆さん、腹減りましたね」真悟の一言を聞くと空腹感が強くなった。ようやく、その時になって、一日中、何も口に入れていないことに気づいたのだった。

「あー、気持ちよかった」

「ふー、生き返りました」

二人は速攻でシャワーを浴びると、ビールを片手にバルコニーへと出た。依然として日は高いままなのだが、時折、少し涼しげな風が横切っていって心地いい。二人共、恒例のようにバスタオルを腰に巻いたままで乾杯をした。褐色の液体が、喉だけでなく心までも潤していく。

「ああ、旨いな」

「ええ、最高ですね。それにしても、朝から何も食べずに、よく一日持ちましたよね」

「俺たちは、それだけ引き込まれてしまっていたんだろう。正直なところ、パレでは、ほとんど空腹感は感じなかったよ。しかしさ、あんなに何かに没頭したのって、子供の頃以来かも知れないな」

「はい、僕にもそんな経験がありますね。昔は、朝から晩まで、お絵描きをしていたんですよ。両親も心配するほどに没頭していたようです」

「へえ。俺は、近所の子供たちと遊び回っていたよ。日が暮れるまで遊んでいて、よく叱られたものさ。言い換えれば、遊びに没頭していたんだろうな」

「大人になると、そんな時間は自然と減っていっちゃいますよね」

「ああ、その通りだ。人間は成長していくうちに、没頭することができなくなるんだ。ある意味では、好きなことを我慢しなければならなくなる。生産性とか、効率とかを重んじろって、知らず知らずのうちに叩き込まれてしまうからな」

「ですよね」

「人間は、夢中になって何かに没頭していると、幸せを感じられるのだと、何かの本で読んだことがあるよ。生きていれば、嫌でもノイズが入ってくる。だからこそ、没頭できる何かを見つけることが大切なんだよ」

「つまり、僕たちは、このカンヌの地で子供に戻ったということですね」

「アハハ、確かに。シアターでは、俺もお前も、まさに子供のようだったからな」

「そうですね。ただ、それは僕たちだけじゃないという感想を持ちました」

「どういうことだい？」

「あのクリエイティブの聖域みたいな場所で、皆が子供のように没頭してスクリーンを見つめていた気がしますよ」

「確かに、そうかも知れないな。いい歳をした大人たちが子供のように没頭できる――。そんな地上に残された数少ない場所が、このカンヌなのかもな」

「それって、素敵な場所じゃないですか」

「そうだな。素敵な場所だよな」

「駆さん、僕、クリエイティブに携わる者として、一つ確信しましたよ」

「何を確信したんだい？」

「僕たちは、間違いなく、幸せな人生を送っているということです」

真悟がいつになく声を大にした。口元には微笑みが見えたが、瞳には一点の曇りもなかった。

「真悟、お前のいう通りだな。俺たちがいる広告業界には、色んな人がいて、色んなことも起こる。良いこともあれば、大変なこともある。でもな、俺の憧れているコピーライターの人はこう言ったんだ。『クリエイティブという仕事は九九％の苦しみがあるけれど、残り一％の喜びが常に勝つんだ』って。俺たちは、そんな仕事をしている一人なんだ。考えてもみろよ。そんな幸せな仕事って、そう滅多にはないぜ」

「一昔前は、広告屋といえば、蔑まれていたみたいですけれどね」

「今は、違う。それは、この仕事の本質が人を幸せにすることにあるからさ。だからこそ、まずは自分たちから幸せにならないとな。少なくとも、俺はそう信じているんだ」

バルコニーで会話に興じているうちに時間はやって来た。二人は小綺麗にドレスアップをしてから、オープニング・パーティーへと出かけた。

クロワゼット通りは、カーニバルのような大賑わいだった。歩道は、沢山の人たちで溢れ返っていた。自然と足取りはスローペースになった。高級ブティックや豪華なホテルの前を通り過ぎていくと、幾つかのレストランが並ぶエリアがあった。歩道にまで広げられたオープンテラスの席で、カップルたちがゆったりとした時間を楽しんでいた。その前を通りかかった瞬間、「カケル！　シンゴ！」と二人の名前を呼ぶ声がした。

声のする方に振り向くと、デビッドが席から立ち上がって、手招きしている姿が目に飛び込んできた。

「ヘイ、ブラザー！」駆と慎吾は同時に叫ぶと、デビッドがいるテーブル席まで近づいていった。どうやら、仲間たちと一杯ひっかけているようだ。

「ロンドン以来だね。二人共、元気そうじゃないか」

「ああ、俺たちはいつも通り元気さ。君こそ、変わりはないかい？」

「ハハハ。僕も、ビジネスも順調さ」

「デビッド、またカンヌで再会できるとは夢にも思わなかったよ。とても嬉しいよ」

「意外と広告界は狭いのさ。でも、これだけ多くの人々が集まっている中で、偶然にも再会できるってことは、きっと縁があるんだね」

「間違いないね」

デビットは、駆と慎吾とハグを交わした。

「僕の仲間を紹介するよ。彼がプロデューサーのロレンツォ、その隣にいるのがフィルムディレクターのミックだよ。二人共にカンヌの常連さ」

駆と慎吾は、二人の男たちとしっかりと握手を交わした。

「カケル、シンゴ。どうだい、君たちも一杯やるかい？」

デビッドはそう言うなり、小ぶりな二つのワイングラスに赤ワインを注いでいった。そして、ウィンクをしながら手渡してくれた。

「ありがとう、デビッド。では、お言葉に甘えさせていただいて」

駆と慎吾は、一気に飲み干していった。

「ああ、旨いな」

「ですね、駆さん。カンヌの味がしますね」

デビッドをはじめとして、ロレンツォもミックも、二人の飲みっぷりに感心した。

「君たちは、サムライだな！」

「いや、ニンジャかも知れないぜ！」

そんな戯けた発言によって、テーブル席の周りは賑やかになった。

「デビット、君たちはオープニング・パーティーに行かないのかい？」

「カケル、僕たちは、もう一本、ワインで景気づけをしてから行くよ。後で、パーティー会場で合流しよう」

「デビッド、待ってますよ」

「シンゴ、先に飲みすぎないようにね。僕たちと乾杯する分は取っておいてくれよ」

「了解ですよ。では、後ほどです」

駆と慎吾は、デビッドたちに一旦、別れを告げた。時間が経つごとに、歩道はさらに混み合ってきていた。

「慎吾、中央分離帯を渡って、ビーチ側に出た方が良さそうだな」

「ですね。それにしても、何という人の多さなんでしょうね。車道なんか、さっきからほとんど動いてない感じですからね」

ビーチ側の遊歩道も混み合っていたが、道幅が広い分だけ、いくらかマシだった。

「ああ、どこを見ても、人、人、人だな。Cannes Lions は、広告業界で最大の祭りということが肌で実感できるよ」

「世界中からクリエイターが集まってきているんですものね。何か、町全体が一つの大きな生き物になっている雰囲気さえありますね」

「ハハハ、面白い表現だな。まあ、真悟の言う通り、世界中からクリエイターたちが集まっているんだから、その気になれば、ワールドワイドなネットワークだって、一晩で構築できるということさ。どんなクリエイターたちと知り合えるのか、ワクワクするよ」

「それって、すごいことですよね。実はですね、僕、日本から二百枚ほど名刺を持ってきているんですよ」

「慎吾、俺は三百枚持ってきたぞ」

「えっ、マジっすか！」

「ああ。一日に四十人と名刺交換ができる計算だ。おっ、会場はあそこじゃないかな」

二人が歩いている遊歩道の五十メートルくらい先から、ビーチへと降り立っていく人の流れが目に入った。幅の広いビーチは、ウッドデッキによって、広大なパーティー会場となっていた。中央付近には五メートルほどの鉄骨が組まれて、その真ん中には大きな踊り場がセットアップされている。段々と薄暗くなっていく空に向かって、幾つものレーザービームが照らし出されていた。

「駆さん、あそこで間違いなさそうですね」

二人共、早る気持ちを抑えきれずに会場のエントランスへ急ぎ足で向かった。そのタイミングで打ち上げ花火が頭上へと上がった。それを合図にして、大音量でダンスミュージックが流れはじめた。否が応でも、気分は盛り上がってくる。興奮を隠しきれずに、二人は、行列ができている最後尾に並んだ。

ブラックスーツに身を包んだセキュリティたちが、エントリーパスをチェックしていた。どうやら、このパーティーには、パスの購入者だけが入場できる仕組みのようだ。駆と真悟は、ポケットに入れていたエントリーパスを首からぶら下げた。パスのチェックは、素早く行われていった。そうでもしなければ、とてもじゃないけれども参加者たちをさばききれないとでも言いたげに。数分後には、駆も真悟もチェックを受けて、ビーチに設置されたパーティー会場への階段を降りはじめていた。

踊り場では、何十個ものミラーボールがご機嫌そうに回転していた。二人は、踊り場を通り過ぎて、酒と料理が並べられたエリアへ進んでいった。

白いテーブルクロスの上に整然と並べられた料理は、洋食から、中華、エスニック、和食までと幅広く用意されていた。その場で焼いたり、炒めたりとゲストの注文に応じる十数人もの料理人の姿も見える。加えて、何十人ものウェイターやウェイトレスたちが、ゲストたちの回りを縫うように忙しく動いていた。給仕係は、皆一様にアイロンをかけたてのようなパリッとした白い上着を身につけている。ビーチでの立食パーティーなのに、プライドと格式の高さが、自ずと伝わってくる。

これまで目にしたことのない煌《きら》びやかな情景に、駆も真悟も目を白黒させていた。そんな二人を気遣うように、シャンパンの入ったグラスをトレイに載せた金髪のウェイトレスが近づいてきった。

た。そして、二人に向かって微笑みながら、シャンパングラスを手渡してくれた。

「メルシー」駆がフランス語で礼を告げると、金髪のウェイトレスは会釈をして立ち去ってい
った。

またしても、真悟は、その後ろ姿を追うような目つきになっていた。

「おい、真悟。いつまで、あの娘の後ろ姿を見てるんだよ」

「だって、好みのタイプなんですもん」真悟は呆けた声を出した。

「お前、相変わらず、金髪の女の子が好きだよな」

「はい。その点に関しては、ブレはありません」

真悟が真顔で発する言葉を耳にして、駆は思わず吹き出してしまった。

「あっ、ちょっと溢れちゃったじゃないかよ。あんまり笑わせるなよ」

「駆さんは、笑い過ぎなんですよ」

その真悟も言っている先から、笑い出してしまった。

「さて、冗談はさておき、この華々しい今宵を祝して、乾杯しようぜ」

「了解です。では」

「乾杯！」

「乾杯！」

二人共、薄暗くなってきた空に向かってシャンパンをかざすと、一気に飲んでいった。きめ細
かい泡が、シュワシュワと音を立てながら喉元を通って、身体に染み込んでいく。

「何だか、楽園にでもいるようだな」

「ですね。最高の気分ですよ」

「よし。それじゃ、何か口にしようぜ」

「はい。雰囲気でお腹がいっぱいだったんですけど、流石に腹ペコです」

二人は料理がズラリと並べられたテーブルの上から、各々が好みの品々をピックアップしていった。一枚の皿に、何種類もの料理を載せると、近くの丸テーブルに陣取った。丸テーブルの上には、数種類のビールが用意されている。一日中、何も食べていなかった二人は、競うように料理を次々と平らげていった。飲み食いをしているうちに、ようやく、あたりは暗くなってきた。瞬く間に、幾つもの照明が点灯されていった。

いつしか、パーティー会場全体が、夜のベールに包まれていた。潮騒は、至って穏やかで、耳に心地よかった。真っ暗な海を眺めると、遠方にライトアップされた何隻ものクルーザーが浮かんでいる姿が瞳に映った。

「駆さん、何だか、ロマンティックなムードですよね」

「ああ、そうだな。クリエイターたちにとって、年に一度、開催される特別な一週間。そのはじまりに相応しい夜だよな」

「うーん。何だか、気持ちがいいなあ。毎年、通ってしまう理由も理解できますよね」

「ハハハ。そりゃそうだな。だがな、これだけ多くの中から、受賞を果たせるのは、ほんの一握りしかいない。つまり、相当にハードルは高いってことだ」

「それが、Cannes Lions の魅力になっているんじゃないですかね。ハードルが高ければ、自ずとステイタスも高くなりますからね」

「その一方で、毎年、立て続けに受賞する英雄だっているはずだ。グランプリを筆頭にして、ゴールド、シルバー、ブロンズまで。果たして、俺たちのクリエイティブがどこまで通用するのか、そして、俺たちも英雄の仲間入りができるのか。それを俺は知りたいんだ」

「それに関しては、僕も同感ですよ」

「明日からも、パレでTVCMのシャワーを浴び続けるぞ」

「勿論ですよ」

「但し、今夜はアルコールのシャワーを浴び続けようぜ」

「いいですね。僕も同じことを考えていました。次は、ワインですかね」

二人はワイン係のウェイターから、ロゼワインを二つ受け取った。そして、ワイングラスを片手にして、腹ごなしのために会場内をぐるっと回ってみることにした。

思いがけずに、懐かしい者たちに再会することになった。タイでのクリエイティブ研修で、知り合った上海、シンガポール、バンコク支社のエグゼクティブ・クリエイティブ・ディレクターたちだった。彼らは、Cannes Lions の常連組であり、その豊富な経験から、耳寄りな情報を数多く教えてくれた。

「カンヌでは、毎晩、パーティーがある。飲み過ぎには注意しろよ」

「ウチの広告会社のライバルになるL社のパーティーには、参加した方がいいぞ。何でも、一年前からパーティーの準備をスタートしているという噂なんだ」

「パーティーといえば、最終日にも、Cannes Lions のクロージング・パーティーがあるぞ」

「クロワゼット通りにあるホテル マルチネスのバーは、朝までやってるけど、一杯一五ユーロ以上もするんだ。向かいにあるガターバーは、三分の一くらいで飲めるよ」

「ガターバーは、通称なんだ。ガターは、ドブ。いろんなパーティーが終わった後、酔っ払った奴らが集まってくる。だから、そう呼ばれるんだ。正確な名前は忘れたけど」

「明後日は、ウチの会社のランチ会がある。場所は、パレの目の前にあるホテル、マジェスティックという場所だ。世界各国のオフィスから仲間たちがやってくるから、少しでもいいから、顔を出せよ。ああ、ロバート・トーマスも参加する予定だと聞いているよ」

「ロバートだけじゃない。ニューヨーク本社から、チーフ・エグゼクティブ・オフィサーであるサム・ピットも参加するんだ。俺たちの全社を代表するリーダーさ。サムは、いつもカンヌでは機嫌がいいんだ。挨拶をする絶好のチャンスだよ」

駆と真悟は、途中から紙ナプキンにメモを取りはじめた。情報量が多すぎて、とてもじゃないけれど覚えきれなかったからだ。二人のそんな様子に、エグゼクティブ・クリエイティブ・ディレクターたちは温かい視線を送ってくれた。

「カケル、シンゴ。この一週間をとにかく楽しんで」

二人は、三人のエグゼクティブ・クリエイティブ・ディレクターから手解きを受けた後、再会の約束をして移動を再開した。

「駆さん、ちょっとだけ踊り場を覗いてみませんか？」

「いいねぇ。随分、盛り上がっているみたいだしな」

二人は、ガンガンと音楽が流れている方へと歩きはじめた。パーティーのスタート時にはガラ空きだったダンスフロアは、満杯状態になっていた。既に、大勢の男女がリズムに合わせて踊っている。さながら、レイブ状態といったところだった。

人混みを掻き分けながら、スピーカーの前へ移動すると、音の渦に巻き込まれた。超の字がつく大音量のせいで、一言も会話は成立しない。駆と真悟は笑顔で頷き合ってから、踊りの輪に加わった。ＤＪブースでは、ベテランの風格が漂う男性ＤＪが、時折、拳を天に突き出しながらゲストたちを鼓舞していた。その度に、ダンスフロアで踊る者たちは、呼応するように身体を揺らした。ＤＪとゲストたちは、指揮者とオーケストラのように、見事に一体化していた。二人もその一員となって、次のＤＪの番になるまで踊り続けた。

「駆さん、もう喉がカラカラですよ。何か飲みましょうよ」

「そうだな。一先ず、小休止しようぜ」

二人は、ダンスフロアから降りて、アルコールが提供されているブースへと歩いていった。案の定、ブース前には、人だかりができていた。列に加わると、前に並んでいたブルネットの女性が振り返った。薄茶色をした瞳が印象的で、ショートカットがよく似合っていた。

「あなたたち、さっき、スピーカーの前で、踊りまくってたでしょ」ブルネットの女性はキュートな笑顔を見せた。

「うん。そう言えば、君もスピーカーの前にいたよね」

「ええ。私の名前は、アニー。パリにあるCMプロダクションで、プロデューサーをしているの。もしかして、あなたたちは、日本人なのかしら？」

「よく分かったね。俺の名前は、カケル。東京出身だよ」

「僕の名前は、シンゴ。僕の故郷は、北海道なんですよ」

「そうなのね。ところで、二人は、どんな職種なのかしら？」

「俺はコピーライターで、彼はアートディレクターさ。そうだ、名刺交換しようか」

三人はまだ列に並んでいたが、お互いの名刺を交換し合った。

「あら、二人共、J社なのね」

「知ってる？」

「勿論よ。だって、世界最大のグローバル・エージェンシーじゃない。勿論だけど、パリにもJ社のオフィスはあるから。私も、何度か仕事をしたことがあるのよ」

アニーと挨拶代わりの会話をしていると、順番が回ってきた。

「あなたたち、何を飲む？」

「俺は、ロゼワイン。カンヌに来てから、癖になっちゃってね」

「僕も、同じものでいいです」

アニーは、軽く頷くと、バーテンに三杯のロゼワインを注文してくれた。三人の手にワイングラスが回ると、列から外れた場所で、自ずと乾杯することになった。三つのワイングラスが、星空を背景にして、いい音を奏でた。

「ねえ。明後日の午後、私が勤めるCMプロダクションの主催で、プールパーティーがあるの。もし、よかったら、二人で遊びに来ない？」

「面白そうだね」駆はそう言ってから、真悟の顔を覗いた。既に、真悟はニヤけていた。

「プライベートのパーティーだから、知り合い限定なのよ。そこには、広告業界のクールなメンツが集まってくるわ。もし都合がつくなら、是非、いらっしゃいよ」

「オッケー。ところで、そのパーティーがあるのは、この近くなのかい？」

「ちょっと離れたところなの。タクシーで、十五分くらい」

アニーは、ハンドバックから、パーティーの案内状を取り出した。

「この邸宅がパーティー会場よ。詳しい住所は、ここに書いてあるわ」

手渡された案内状を見ると、確かに住所らしき記載があった。

「アニー、ありがとう。お邪魔できるように調整してみるよ」

「楽しみに待ってるわ。水着とバスタオルは、忘れずに持参してね」

アニーは、笑顔でそう告げると、軽やかに立ち去っていった。

「駆さん、これ、逆ナンってやつじゃないですか」

「ハハハ。真悟、彼女はCMプロダクションで働いているプロデューサーだ。体のいい営業かも知れないぞ」

「なるほどです。それでも、あんなに可愛い娘から声をかけてもらえるなんて、僕は嬉しいですよ」

「まあね、悪い気はしないよな。それに、せっかくカンヌに来ているんだ。日本では叶わないコネクションもできる可能性だってある。つべこべ考えずに、積極的に交流することが大事だよな」

「そうですよ。極力、顔を出すように調整してみましょう」

「ああ、そうしよう。これも、何かの縁かも知れないしな」

「それにしても、次々に予定が埋まっていきますよね」

「確かに。図らずとも、色々な繋がりができていく。それもCannes Lionsの醍醐味なのかも知れないな」

二人でそんなやり取りをしていると、後ろから肩を叩かれた。振り向くと、ロンドン国際広告賞で同席した、ミュージックプロデューサーのハリーだった。

「やっぱり、君たちも来ていたんだね」

ハリーは、笑顔で手を差し出した。駆も真悟も、その手を強く握り返した。

「ハリー、久しぶりだな。元気でやってるかい？」

「ああ、お蔭さまで、毎日、バタバタと忙しくしてるよ。今日の午前中もロンドンで会議があってね。それを終わらせてからフライトしてきたんだ。君たちは？」

「俺たちは、昨日、到着したんだ。東京からだと、パリを経由するのが最短だけれど、移動に二十時間ほどかかったよ。でも、昨晩はぐっすり寝たから、二人共に体調は万全さ」

「そいつはよかった。なんと言っても、Cannes Lionsは殺人的に忙しいからね。明るいうちはパレに通って、暗くなってからはパーティーに通う。それが、ここでの過ごし方だよ」

「どうやら、そうみたいだね」

「カケル、いいかい。この一週間は、睡眠不足になるのを覚悟することだね」

「なるほど」

「シンゴ、とりあえずは、手始めに再会の乾杯でもしないかい?」

「了解です」

三人は、手っ取り早くアルコールを手にしたかったので、ビールが載っているテーブルへ移動した。そして、ハイネケンの瓶ビールで杯を交わそうとした。すると、そのタイミングで、デビットがロレンツォとミックを伴って、「カケル、シンゴ、探したぜ」と姿を現した。

「君は、デビットかい?」ハリーが懐かしそうな表情を見せた。

「えっーと、確か、君はハリーだったよな」デビットが尋ねると、ハリーは「そうさ」と嬉しそうに微笑んだ。

「誰だい?」ロレンツォとミックが同時に尋ねた。すぐさまデビッドがロンドンで出会った経緯を解説した。

一分後、六人の男たちは、「チアーズ!」と一斉に声を揃えた。交わす話題は、Cannes Lionsのフィルム部門のグランプリ予想にはじまり、各パーティー情報、遂には、馬鹿話にまで広がっていった。やがて、打ち解けた六人は、一つになった。

駆は、次々とビールを飲みながら、再び、「酒は国境を越える」ことを確信したのだった。

六人の男たちは、何度も爆笑を繰り返した。そして、涙が出るまで、盛り上がった。すると、六人の声のボリュームの大きさに巻き込まれるように、次々と人々が集まってきた。

声をかけてきたのは、アメリカから参加しているデビッドやロレンツォやミック、そして、ロンドンから参加しているハリーの友人たちだった。

彼らは、その場で友人たちに駆や真悟を紹介してくれた。それを繰り返す度に、人数は膨れ上がっていった。駆も真悟も、努めて名刺を交換するようにした。そうでもしなければ、誰が誰だか分からなくなってしまうからだった。数珠が繋がるように、クリエイターが繋がっていく。駆と真悟は、その瞬間をリアルに目の当たりにしていった。

そうこうしているうちに、あっという間にオープニング・パーティーの終了時間になってしまった。駆と真悟は、仲間になった者たちに連れられて、当然の如く、ガターバーへと向かうことになった。

階段を上って、クロワゼット通りに出ると、美しい満月が目に入った。月明かりに照らされたパーティー帰りのゲストたちは、皆一様にハッピーな顔をしていた。そこら中、明らかに酔っ払いだらけだったが、誰も喧嘩などはしていなかった。それは、このCannes Lionsに参加している者が、幸せな人生を送っている証明のようでもあった。勿論、駆と真悟も、例外ではなく、二人の表情は絵に描いたようにハッピーになっていた。

それからの一週間は、ハリーに指摘された通りに、殺人的に忙しくなった。

駆も真悟も、明らかに睡眠不足ではあったが、何故か、眠さを感じることはなかった。二人は、熱にうなされたように、パレでTVCMのシャワーを浴び続けて、刺激を一身に受けたままにパーティーへと繰り出していった。交換した名刺を整理する暇もなかった。後々、よく見たら、同じ人物の名刺を複数枚持っていることに気づいたなんてこともあった。

実に様々なクリエイターたちと出会い、話をして、酒を酌み交わした。積極的に世界中のクリエイターたちと時間を共有することで、確実にネットワークは広がっていった。

Cannes Lionsは、駆にとっても、真悟にとっても、文句なしに有意義な一週間に違いなかった。しかし、残念ながら、二人がエントリーしたTVCMは、ファイナリストにも入ることはできなかったのだった。世界との差はそれほどないように感じても、そこには、間違いなく大きな隔たりが存在していたのだ。

最終日、フィルム部門の授賞式会場で、スクリーンに映し出されたクリエイティブは、二人をとことん唸らせることになった。例年通り、会場にはゴールド以上の受賞作が流れるのだが、どれもがインパクトが強くて、「見事だ」という以外に言葉は見つからなかった。

言葉の代わりに込み上げてくるのは、強烈な悔しさと嫉妬心だけだった。

取りわけ、二人にショックを与えたのは、フィルム部門のグランプリだった。その年、頂点を制したのは、イギリスの広告会社だったのだが、クライアントは日本の自動車メーカーだったのだ。

全編アニメーションで構成されるストーリーには、一切、車が登場しない。ただ、クリーンなエンジン（勿論、アニメーション）が、軽快な音楽に乗ってファンタジーな世界を表現するといった内容だった。そのＴＶＣＭに携わる制作者たちは、一体、どうやって企画をクライアントに通せたのだろうか。二人は、その方法論に考えを巡らすのだが、一向に結論に達することはできなかった。

「真悟、また、一から出直しだ。もっと、もっと、多くのクリエイティブを目にして、もっと、もっと、多くのアイディアをつくらなきゃ勝ち目はない」

「駆さん、その通りですね。国内の広告賞を獲ったことで、どこかで、僕たちは、天狗になっていたのかも知れないですね」

「ああ。いずれにしろ、決して慢心なんかしちゃ駄目ってことだな。上には、上がいるんだ。それを常に肝に銘じて、二人で努力を続けるんだ。そして、必ず、カンヌに戻ってこよう」

「はい。必ず、戻ってきましょう」

世界一流のクリエイティブとの差を目の当たりにして、とことん打ちのめされた二人だったが、帰国便の中では、二人共ポジティブに考えられるようになっていた。しかしながら、駆と真悟を待ち受けていたのは、予期せぬ悲運であった。

13

ニューヨーク本社のチーフ・エグゼクティブ・オフィサーであるサム・ピットは、グローバルのクリエイティブのトップであるロバート・トーマスを解雇した。Cannes Lionsで充分なパフォーマンスを上げられなかったのが、その最たる理由だった。そのシビアなニュースは、グローバルの全支社に激震を走らせた。各国のエグゼクティブ・クリエイティブ・ディレクターたちは、ほぼ総入れ替えとなった。リストラの波は、日本支社にも押し寄せてきた。サリー・スミスも、呆気なく、解雇となってしまったのだった。

日本支社のエグゼクティブ・クリエイティブ・ディレクターとして、新しく赴任してきたのは、蛇川一《へびかわはじめ》という男性だった。

蛇川は、いわゆる外資系を渡り歩いてきた外資ゴロだった。帰国子女で英語は堪能だったが、それ以外は全くと言っていいほどに無能だった。クリエイティブが理解できないリーダーはあり得ない。すぐに社内のクリエイターたちから疎んじられるようになった。しかし、蛇川は政治家だった。自分が生き残るためだったら、あらゆる卑劣な手を使った。自身の転職のために、サリーを解雇するように謀略したという黒い噂も囁かれていた。

蛇川は、赴任後、間もなくしてクリエイティブ局の全スタッフと面談を行なった。それは、クリエイターを選り分けする儀式だった。主たる目的は、自分に迎合しない者たちを次々とリストラに追い込んでいくことにあり、迎合する者たちの中から自分の身代わりになる犠牲者を見定めることにあった。眼鏡の奥の細い目は、捕食をする獲物を狙う爬虫類そのものだった。

得てして、外資系の広告会社の社長たちは、基本的には日本語を理解できない外国人たちである。蛇川はそれを巧みに利用して、これまで広告業界をサバイブしてきたのだ。

支離滅裂とも言える蛇川の指示に従うのは、もっぱら保守的なクリエイターたちだった。彼らとしても、心からは納得してはいなかったのだが、日々の生活のためには、蛇川の要求に応えなければならなかった。それに異を唱えるクリエイターたちは、一様に排除された。実際、何人ものクリエイターたちが、理不尽な理由で首を切られていった。

リストラが敢行された後のクリエイティブ局は、散々だった。抜けた穴を埋めるためにコピーライターとアートディレクターの全チームが解体された。社内にはぎくしゃくした空気が蔓延して、恐怖政治を静観する以外に術はなくなった。数々の実績を残してきた駆と真悟のチームにも、例外なく毒牙がかけられた。

蛇川は、蛇のように二枚舌を使った。クリエイターたちの手柄を横取りして、自分のミスをクリエイターたちに押しつけるのは常套手段だった。

駆が蛇川とぶつかるのは、時間の問題だった。

クリエイティブのミーティングで、再三に渡って、駆は臆することなく正論を主張した。つまり、蛇川と対峙する姿勢を取ったのだ。駆には、何よりも自負心があった。惜しくもCannes Lionsは逃したが、国内外の広告賞において結果を残してきたし、様々な国々でクリエイティブに対する心構えを身につけて、鋭利なクリエイティブのセンスを培ってきたのだ。どう考えても、納得がいかない蛇川の出鱈目な指示に従って、道化を演じるような真似などは御免だった。

一方、真悟は、蛇川の理不尽な申し出を断らなかった。

例え、はじめから無理だったり、あるいは、時間の無駄になると予想できる注文にも応えていった。蛇川は、真悟の従順さに目をつけて徹底的に利用した。蛇川の誤った指示で営業局や戦略局から、度々、不平や不満が舞い込むと、蛇川は、責任を真悟に被せた。

そのことを陰で真悟に伝えてくれたり、庇ってくれる良識的な者もいたが、結局のところ、真悟は立場的に蛇川を立てざるを得なかった。次第に、何か問題が起きると、蛇川は保身のために、真悟を頻繁に身代わりにした。やがて、社内で真悟は能力不足というレッテルを貼られて、閑職へ追いやられることになった。

ある日、駆は真悟を会議室に呼び出した。

「真悟、社内に変な噂が流れているぞ。裏では、お前は『蛇川の犬』って呼ばれてるみたいだぜ。そんなんで、本当にいいのかよ?」

「駆さん、以前も話しましたけど、僕には、東京で生活を続けなければならない家庭事情があるんです」

「それは覚えているよ。でもな、今、お前がやってる仕事は、何なんだよ。蛇川の尻拭いばっかりで、結局は、やっつけの仕事しか回ってこなくなってるじゃないか。それは、お前が心から望んでいることか?」

「違いますよ。でも、生きていかなくちゃならないんです。もう一ヶ月間、クリエイティブとは、ほど遠いことをやっていますよ。それを一番分かってるのは、自分自身です」

真悟は、そう言って、被っていたドジャースのベースボールキャップを脱いだ。

「お前……」

駆は言葉を失った。真悟の左の後頭部には、五百円玉が三枚分の大きさの円形脱毛症ができていた。

「このところずっと、キャップを被っていたのは、それを隠すためだったのか?」

真悟は、暗く沈んだ表情のまま頷いた。

「医者には診てもらったのか?」

「はい、診てもらいました」

「診断結果は?」

「やはり、ストレスだそうです。ウチの家系は、皆、フサフサですから。僕も、今まで、こんなことにはなったことがなかったんで」

「蛇川は、このことを知っているのか?」

「あの人に相談してもしようがないですよ」

駆の中で、何かがプツンと切れる音がした。

「なら、俺が言ってやるよ。もっと、マシな仕事をお前に回せって」

「……駆さんがそう言ってくれるのは嬉しいですけど。でも、やっぱり……」

駆はどうしても怒りが抑えられなかった。もし、これが他のメンバーであれば、我慢もできたのかも知れない。不本意ではあるが、見過ごせたのかも知れない。

しかし、被害者になっているのは、苦楽を共にしてきた相棒なのだ。かけがいのないパートナーなのだ。その真悟がこれほど苦しんでいるのに、黙って何もしない訳にはいかなかった。遠慮がちに目を伏せる真悟に対して、駆は声を張り上げた。

「いいから、来い！」

駆の勢いに促されて、真悟は渋々と席を立った。二人は、蛇川の個室へ直行した。

「あのクソ野郎！」駆の怒りはピークに達していた。気心が知れた真悟でも、駆のこんなにも怒り心頭に発した姿を目にしたことはなかった。蛇川の個室のドアを叩く音が、その苛立ちを如実に表していた。

「駆さん、落ち着いてください」

「人生には落ち着いていい時と、落ち着いちゃいけない時があるんだよ」

駆はそう言い捨てると、勢いよくドアを開いた。そして、ダイブするように飛び込んでいった。

真悟も慌てて、駆を追うように入室した。

「一体、何なんだ？」蛇川は駆の怒りをにわかに察知して、一瞬、怯んだように見えた。

「真悟、キャップを脱いで、後頭部を見せてやれ」

真悟は、躊躇していたが、恐る恐る、ベールボールキャップを脱いだ。

「蛇川さん、あんたがやっていることは、パワハラだ。こいつを、どれだけ苦しめているか、その目を開いてよく見てくれよ」

蛇川は真悟の後頭部に目をやった。しかし、口にした言葉は信じられないものだった。

「谷くんがそんなことになっているのは、自己管理ができていないからだ。土岐くん、言っておくがね、私には、何の責任もないよ」

「てめえ！」

気づいた時には、駆の右拳は蛇川の鼻にのめり込んでいた。蛇川は椅子から転げ落ち、血に染まった鼻を押さえながら、のたうち回っていた。全てが、一瞬の出来事だった。

14

二週間後、駆は自主退職をする運びになった。

蛇川の赴任以来、クリエイティブ局の異変に気づいていた人事部長の計らいで、駆は警察沙汰になることは免れた。しかしながら、無罪放免にはならなかった。蛇川は目をつぶることと引き換えに、駆の退職を迫ってきたのだ。駆は人事部長と話し合った上、ある程度まとまった額の退職金を受け取るという条件で、自ら会社を去るというシナリオに合意したのだった。

出社最終日、駆が荷物を整理していると、真悟が頭を下げてきた。

「駆さん、本当にすみません。僕が原因で、こんなことになってしまって」

「真悟、もう忘れろ。一体、何回、謝れば気が済むんだよ?」

「何十回、いや、何百回謝っても、気は済みませんよ」

「いいか、よく聞け。俺は、馬鹿なことはしたかも知れない。けれど、間違ったことはしていないと信じている。あの野郎がここにいる限りは、健全な気持ちでクリエイティブなんてできやしない。早かれ遅かれ、俺は辞めることになっていたはずさ。お前と離れ離れになるのは、残念だけど、わだかまりを抱えながら、俺は、コピーを書くことはできない。俺は、誰よりも俺のことを理解しているつもりだ」

「この先、どうするんですか?」

「正直なところ、まだ、分からない。入社以来、この六年間は、ずっとクリエイティブのことだけを追い続けてきたからな。まあ、暫くの間は、沖縄のビーチでゆっくりしながら考えることにするよ」

「その後は、どこかの広告会社に転職するんですよね?」

「いや。もう、どこかの広告会社で働くのは、無理だと思う」

「何故ですか？」

「人の口に戸は立てられぬ、というだろ。外資系の広告会社で働いている友人たちに、転職の相談をした際、何度か忠告を受けた。どうやら各社人事部で、俺はブラックリストに載っているみたいなんだ」

「……えっ。マジですか？」

「マジだよ。だから、フリーでやるか、海外で挑戦をするしかないんだ。まあ、余り心配するなよ。いずれにしろ身の振り方が決まったら、真っ先に真悟に連絡するよ」


駆は、真悟に伝えた通り、沖縄の島々で一ヶ月間を過ごした。美しいビーチを求めて、沖縄本島から、石垣島、竹富島、そして、西表島まで、気の向くままに転々としたのだ。

毎日、エメラルドグリーン色の海を眺めながら、ビーチで過ごしているうちに、胸の奥につっかえていた、割り切れない気持ちはなくなっていった。真っ黒に日焼けした駆は、完全にリセットされていた。その後のアクションは早かった。東京に戻ってくるやいなや、ニューヨーク行きの航空チケットを予約したのだ。

海外で就職したければ、とりあえずは自ら現地に向かうしかない。

それが、駆の出した結論だった。出発前の二週間、駆は、Cannes Lionsで友人になったロレンツォやミックをはじめとしたニューヨーク在住のクリエイターたちに密に連絡を取った。そして、マンハッタンで就職するためのコネクションを探り続けた。それと同時に、英文で書かれたレジメやポートフォーリオを準備していった。

全てをセットアップして、後は、フライトするだけだった。しかし、予期せぬ出来事が発生した。出発日の前日、あのリーマン・ショックが起こったのだ。アメリカの名門投資銀行の破綻は、アメリカ史上最大の企業倒産であり、世界的な金融危機へと連鎖していった。同時に、不況の嵐が吹き荒れていった。アメリカ人でさえ、解雇されていく状況下での転職活動は、困難を極めることになった。

駆は、一ヶ月間、マンハッタンのノーホーにアパートの部屋を借りて、そこをベースにしながら、縦横無尽に転職活動を行った。しかし、行き先の見えない中で、外国人のクリエイターを雇用してくれる余裕のある広告会社は一社たりともなかった。結局、駆の状況は振り出しに戻ってしまった。

帰国後、駆は、フリーランスのコピーライターとして生きる道を選ばざるを得なかった。

しかし、当然、リーマン・ショックの余波は日本にもやって来ていた。企業や広告会社は、全体の仕事量が減るだけでなく、発注先にも慎重になっていった。駆が起こした暴力事件の噂は、当然のことながら、仕事を遠ざける結果となってしまった。慣れないながら一所懸命に営業活動をしても、全く仕事の話はやって来なかった。

半年間は、何とか退職金と失業手当で食いつないではいたが、通帳に記載された預金額は氷のように溶けていった。今となっては、沖縄とニューヨークで過ごした費用も痛手だった。何よりも、食っていけないのだ。この先、一体、どうなってしまうのだろう。コピーライターとして働いている間は、一度も、味わったこともなかった恐怖に襲われる日々を過ごすことになった。

やがて、預金も底をついてきた。遂に、八方塞がりになってしまったのだ。最後の頼みの綱として、駆は佐伯に連絡を入れた。

「もしもし、佐伯さん。土岐ですが」

「久しぶりだな。どうした？」

「仕事のことで、ちょっと相談したいことがありまして」

「そうか。じゃ、メシでも行くか。土岐は、いつがいいんだ？」

「いつでも大丈夫です。佐伯さんに合わせます」

「じゃ、今週の金曜日、夕方六時に、事務所に来てくれ」

「了解しました」

「その時に、作品集を持って来いよ。お前がどんな仕事をしているのか。俺はそれを見るのが楽しみなんだ」

「分かりました」

その指定通り、駆は佐伯が代表を務める制作会社の「バット」に到着した。

「おう、土岐。待ってたよ」佐伯は、笑顔で出迎えてくれた。「ところで、作品集は、持ってきたか？」

「はい。ＤＶＤにまとめてきました」

駆は佐伯にＤＶＤを手渡した。

「そうか。これ、ちょっと借りていいかい?」

「何枚かあるので、大丈夫ですよ」

「オッケー。今夜、一人になった時に観させてもらうよ。さて、じゃ、飲みながら話そうか。例の旨い肉を食わせる店でいいかい?」

「ああ、あそこですか。久々に行きたいです」

「オイラの提案で、メニューも少し変わったんだ。ある時、酔っ払ってオーナーに言ったんだよ。『肉屋なんだから、ハンバーグを食べさせろ』ってね。そうしたら、オーナーがそのことをちゃんと覚えていて用意してくれたんだ。何が旨いかって、つなぎを一切使ってないから、肉汁が凄いんだよ。あれは、発明だ。オイラ、そう言ったんだ。けどさ、オーナーが変な顔をして言うんだよ。佐伯さんが、そうやって作れって難題を出したんだって。オイラ、すっかりと忘れてたんだけどな。ガハハハ」

佐伯は、一方的に話して、豪快に笑った。駆は、そんな姿を目にして、少し胸がジーンとした。昔から、駆に元気がなかったり、落ち込んだりした時には、佐伯はいつもそうやって励ましてくれたことを思い出したからだ。随分と会ってはいなかったが、変わらぬ先輩の姿を見るほど嬉しいことはなかった。

「じゃ、皆んな、オイラはこれで失礼します。何か問題があったら、携帯に電話してください。では、よろしくお願いします」佐伯は、三人の社員に向かって言葉をかけた。

その後、駆は佐伯に連れられて、旨い肉を食わせる店へと向かった。本当に暫くぶりだったが、土方オーナーは、駆のことをちゃんと覚えていてくれた。

「土岐さん、お久しぶりです。何でも、世界中で広告賞を獲っているんですってね。凄いじゃないですか」

「いえ、たまたまですよ。でも、どうしてご存知なんですか？」

「勿論、佐伯さんからですよ。酔っ払われると、必ず、土岐さんの話になるんですよね。自慢の後輩だって、いつも、顔をほころばせて話してくれるんです」

「よっちゃん、止めてよ。小っ恥ずかしいじゃんか」

佐伯はそう言うと、指定席に着いた。カウンターの左端の席だ。駆は、右隣の席に腰を下ろした。二人の前には、予約済みというプレートが載っていた。

「よっちゃん、まず、生ビールを二つね。つまみは、特製つくねと特製ハンバーグをお願いします」

「了解いたしました」

小柄な女の子が、素早く生ビールを運んできてくれた。

（前回は、オーナーが一人で切り盛りをしていたよな）

駆の心の中を読んだように、佐伯が「この娘は、みっちゃん。土岐は初対面だよな」と言った。

すると女の子は「美智子《みちこ》なんで、みっちゃんと呼ばれています。よろしくお願いいたしますね」と自己紹介をしてきた。

「土岐と申します。こちらこそ、よろしくお願いします」

「佐伯さんから、よく伺っています。『アイツは、もうオイラの手の届かないところで活躍してるんだ』って、口癖のように話されていますよ」

「みっちゃんも、止めてよ。オイラ、顔が火照ってきたよ」

駆こそ、恥ずかしかった。確かに、前社で国内外の広告賞を受賞したのは事実だ。だが、今は、仕事がない、どうしようもない身なのだ。もう、酒の勢いを借りるしかない。駆は、一気に生ビールを飲み干すと、お代わりを注文した。

「土岐、今日は随分とペースが早いんだな」

観てないようでも、佐伯は、ちゃんと観ている。小さなクリエイティブ・エージェンシーとはいえ、やはり社長なのだ。全方向に注意を払う佐伯の鋭い観察眼に、駆は驚きを隠せなかった。

「ええ、ちょっと喉が渇いていましたので」

駆は、咄嗟に思いついた言い訳をした。心の中で、もう一人の自分が「躊躇している場合か！」と目くじらを立てた。二杯目のビールを飲み終わった時、駆は恥を捨てて本題に入った。

「佐伯さん、俺、事情があって、会社を辞めたんです」

佐伯は、身じろぎもしないで言った。

「そうか。どんな事情があったんだ？」

もう、きちんと話すしかない。駆は、前社で起こしてしまった事件、及び、今に至るまでの経緯を出来るだけ詳細に説明していった。佐伯は、時折、頷きながら、駆の話につきあってくれた。

全てを話し終えた時には、一時間ほどが経過していた。

「なるほどな。上司を殴っちまったのか。まあ、お前のやったことは、社会的には許されないのかも知れない。けれど、その糞野郎のやってることは、それ以下だな。簡単に言えば、弱い者いじめじゃねえか。外資系ってのは、そんなことがまかり通る世界なのかい。そんな出鱈目な会社と手を切ることができて、かえって良かったんじゃねえのかよ」

「はい……。ただ……」

「ただ、何だ？」

「正直なところ、仕事がなくて困っているんです。俺の噂は、かなり広まっていて、どの広告会社もシャットアウト状態なんですよ」

「それだけが原因じゃないだろうけどな。今は、時期が悪いんだよ。リーマン・ショックの影響で、景気も良くないだろ。ウチも、仕事量は減ってきてるよ。ここ何年かは、ＩＴバブルで潤っていたけど、今は、どこも苦しいはずだ。実際、そんな話しか耳には入ってこないからな」

「そうですか……」

「だけどよ、土岐。オイラのところにコピーの仕事がきたら、お前に回してやるよ」

「本当ですか？　ありがとうございます」

「でもな、本来なら、お前がやるような仕事じゃないかも知れないぞ。ウチは細かい仕事も多いんだ。チラシとかカタログとか。時間と手間がかかるけれども、至って地味な仕事だよ。決して、広告賞を獲れるような仕事じゃない。それでも、やるか？」

「勿論です。是非、やらせてください」

「よし、分かった」

佐伯は、硬い表情を崩さなかった。何かを考えているかのようだった。そして、「みっちゃん、ちょっと強い酒が飲みたいんだ。焼酎をロックで二つくれるかい」と言った。

「かしこまりました」

すぐにみっちゃんが、焼酎のロックを運んできた。土方オーナーだけでなく、みっちゃんも気を遣って、客席からは程よい距離を保ってくれている。それが、駆にはありがたかった。

佐伯は、ロックを半分ほど飲んでから、口を開いた。

「土岐よ。オイラたちは、広告業界の雑草だ。踏まれても踏まれても立ち上がる雑草――。そんな風に例えると、雑草って強そうに聞こえるだろ。けど、実のところ競争力は弱いんだよ」

「そうなんですか」

「ああ。植物の世界は、弱肉強食が大前提なんだ。ナンバーワンだけが生き残れる厳しい世界だ。森では多くの植物が激しく場所を奪い合っている。雑草は、生存競争力に弱いからこそ、人に踏まれるかも知れない道ばたなんかで生きる道を見つけたんだよ」

佐伯は、一旦、話を止めて、残りのロックを一気に飲み干した。

「つまり、他人のいないところで輝く逆境の人生を選んだんだ。そして、雑草にも、強みはある。それは、予測不可能な変化を乗り越える力だ。環境が変化しても、成長のタイミングや自分の大きさ、花が咲く時期なんかを変えて生き残れるのは、雑草だけだ。そういった意味では、ナンバーワンに強いと言えるんだ」

「はい」

「土岐、負けんなよ」

「佐伯さん、ありがとうございます。俺、負けませんよ」

「何に負けちゃいけないか、分かるか?」

駆は、一瞬、目を閉じた。そして、心に浮かび上がってきた言葉を口にした。

「自分にです」

佐伯の表情は、ようやく柔らかいものになった。

「そうだ。それが分かってれば、大丈夫だ」

タイミングよく、つまみが運ばれてきた。駆が「旨いです」と告げると、佐伯は、「好きなだけ食べろ」と自分の分まで、差し出してくれた。


翌週の月曜日、午後一で、佐伯から駆に連絡が入った。

「土岐、今、大丈夫か?」

「はい」

「あるショッピングモールで、毎年、春のセールがあるんだ。毎年、ウチが告知のチラシとウェブを任されているんだけど、今年は、コピーを土岐に頼みたい。追って、詳しい資料が届く予定なので、先方の広告会社の営業も含めて、今週、『バット』で打ち合わせをしようという話になっている。来られるか?」

「いつでも、大丈夫です」

「オッケー。あまり大した金額にはならないと思うけど」

「仕事ができるだけで、ありがたいですよ」

「分かった。あとな、新規のクライアントなんだけども、ホテルのネーミングの仕事も入りそうなんだ。ロゴまわりのデザインは、ウチの方でやるんだけど、それにも協力してもらえるかい?」

「勿論です」

「良かった。助かるよ。あとな、お前の作品集は、物凄くオイラの刺激になった。流石は、土岐だな。恐れ入ったよ」

「佐伯さん……」

「うん?」

「どうも、ありがとうございます。俺、本当に感謝しています」

「水くさいこと言うなよ。また、土岐と一緒に仕事ができることになって、オイラも嬉しいんだ。一発、かっ飛ばしてやろうぜ。また、連絡する」

佐伯の飄々とした言葉の裏には、駆を思いやる気持ちで溢れていた。駆は、切れた携帯電話に向かって頭を下げた。その時、両頬を伝って熱いものが流れてきた。思いがけずに自分の瞳が潤んでいることに気づいた。駆は、もう一度、携帯電話に頭を下げたのだった。

駆は、佐伯から発注された仕事に打ち込んだ。制作物は、佐伯の予告通り、地味なものがほとんどであったが、それでも夢中になってコピーを書いていった。知恵を絞りながら、言葉をアウトプットしていく。それは、駆にとって、何にも代え難い行為だった。

駆のコピーライティングは、佐伯は勿論のこと、広告会社の担当営業やクライアントにも高評価を受けた。徐々にではあったが、別の仕事にも繋がることになっていった。

つまずきはあったけれども、無事、広告業界にカムバックを果たせたのは、他ならぬ佐伯のおかげだった。駆は、規模や予算に関係なく、依頼された仕事に一心不乱で応えていった。そんな日々を送るうちに、何も見えなかった暗闇の中に、差し込んでくる一筋の光を見ることができるようになっていた。

一年後、風の噂で、蛇川が解雇されたという話が耳に入ってきた。蛇川に罵詈雑言を日常的に浴びせ続けられたアートディレクターが、自殺未遂を起こしたのが解雇理由であった。幸いにも、命には別条はなかったが、そのアートディレクターは広告業界を去ることになった。

アートディレクターという言葉を聞いた瞬間、駆はひどく動揺した。もしかしたら、真悟かも知れないという不吉な予感が頭をかすめたからだ。しかし、自殺未遂を起こしたのは女性だということだった。不謹慎ながらも、駆は、ほっと胸を撫で下ろした。

駆は、退職以来、真悟に二度しか連絡をしていなかった。佐伯との仕事がスタートした時分に「何とか、コピーを書けるようになった」と伝えた時、そして、自殺未遂の話を耳にした時だけだった。真悟の話によれば、駆に殴られて以来、蛇川は妙なトラウマを抱くようになり、真悟に対しては、二度と目もくれなくなったとのことだった。思い返せば、自殺未遂を起こした女性は、真悟の次に蛇川のターゲットになった犠牲者だったのかも知れない。

「真悟、安心したよ。お前も頑張れよ」それだけを伝えると、駆は電話を切った。

その前後で、三度ばかり、飲みの誘いを真悟からメールで受けたのだが、忙しいという理由で断っていた。やがて、連絡は自然と途絶えていった。そうこうしている内に、二人の関係は疎遠になっていった。

駆が真悟からの飲みの誘いを断ったり、自ら進んで連絡を取らなかった理由は、幾つかあった。

一つ目は、劣等感だった。駆の年収は、退職後、四分の一に落ち込んだ。真悟よりも、年収が低いことは明らかだった。加えて、仕事内容も地味なものばかりで、決して飲みの席で披露できるようなものは一つもなかった。

二つ目は、配慮だった。依然、真悟が駆と繋がっていると、悪い噂にもなりかねない。もし、そんなことが社内に知れ渡ってしまえば、真悟は再び、蛇川の餌食になる可能性だって充分に考えられた。

三つ目は、プライドだった。ある意味で、広告業界はヒエラルキーの世界だ。駆はピラミッドの最上部まで登りながら、見事に転落した。今や再び、ピラミッドの一番下をうろつき、上からこぼれてくる仕事にありついている。そんな自分の姿を、かつて夢を語り合った後輩には、死んでも見せたくはなかったのだ。

そういった複雑に入り組んだ理由があり、蛇川の解雇後でさえも、駆は、真悟に連絡を取らなかった。いや、正直に言えば、意識的に避けてきたのだった。

実際、駆は、街中で真悟を見かけたことが二度あった。

一度目は、渋谷駅でのことだった。それは、佐伯とのささやかな打ち上げで、飲みに誘われて出かけた夕方だった。駅構内で、真悟の後ろ姿を目にした瞬間、駆の中に複雑な気持ちが込み上げてきた。それは、親近感と引け目が綯《な》い交《ま》ぜになった複雑な感情だった。心の中で、二つの感情はせめぎ合った。「元気だったか?」ともう少しで声をかける寸前だった。しかし、結局、駆は、別方向に足取りを早めたのだった。

二度目は、かつて二人で足繁く通った恵比寿にある洋服屋「キャピタル」でのことだった。久々にジーンズを購入しようとその店へ向かった。その時だった。少し早いタイミングで、真悟が店内に入っていくのを見かけたのだ。真悟は、一見して隙のないファッションに身を包んでいた。突然、駆は泥濘《ぬかるみ》に足を取られたように動けなくなった。何故なら、自分の身につけているものは、もう何年も前に購入した服だったからだ。駆は声をかける勇気が出なかったばかりか、洋服屋にも立ち寄らずに、そのまま逃げるように帰宅してしまったのだった。

自分自身が取った行動が信じられなかった。駆は誰かに相談をしたかったたし、「考え過ぎだよ」と笑い飛ばして欲しかった。しかし、結局のところ、自分の胸に鍵を掛けて、仕舞い込むことにしたのだった。

15

それから、駆は、真悟には一度も会わなかった。

真悟の方にも、諸事情があったのだ。真悟は、美大時代の同級生と結婚をした。それを契機にしっかりと家庭に収まっていた。

一方で、駆は、独身を貫いていた。辛うじて、広告の仕事を続けてはいたが、年収は相変わらず、サラリーマン時代の額には、遠く及ばなかった。こんな年収では、結婚などはできない。それが、駆の下した結論だった。しかしながら、幸か不幸か、時間の自由だけはあった。仕事の受注も、コピーの送付も、遠隔で行える時代に移行してきたからだった。

だから、駆は、ずっと旅を続けていた。自分自身に許した唯一の贅沢として。そして、自分を、この世界に留めておくための理由として。

しかし、どんなに旅に出たくても、出られない時期があったことも事実だった。駆は、サラリーマンを辞めてから、フリーランスという言葉の真の意味を理解した。本来、フリーランスとは、自由契約者を表す。会社や団体などに所属せずに、仕事に応じて自由に契約を結び働く人だ。

「自由」――それは確かに耳障りのいい言葉だ。しかし、その自由には裏がある。仕事がある時はいい。しかし、一旦、仕事がなくなれば、収入も生活も一気にぐらつきはじめる。つまりは、諸刃の刃だ。そういった意味では、フリーランスという言葉には、「不自由」というニュアンスも多分に内包されている。駆は、そのことを、嫌と言うほどに味わってきた。

フリーランスのコピーライターは、基本的に安定していない。企業の担当者が変わったり、広告会社の営業担当者が変わったりすれば、すぐに仕事はなくなる。担当者の機嫌一つで、契約を解除されることもある。その上、不況になれば、真っ先に切られるのはフリーランスの者たちである。景気が悪くなれば、企業内で広告費の予算が削られる。広告費の削減は、広告会社から発注される先へと締めつけを促していく。その連鎖は絶えずに起こる。結局のところ、駆のような末端の者たちが埋め合わせとなって、割を食うことになるのだ。

それ以外にも、駆は、広告会社の在籍中には、味わったことのないジレンマを感じていた。手応えのあるコピーを提出しても、なかなか採用されないケースが多々起こった。そういう時は、決まって複数提出した中から、サブのコピーが採用されてしまうのである。

決して、駆の勘が鈍っているわけではないのだ。それは、企業の担当者に、直接、プレゼンテーションができないことが主な要因だった。あらゆる力関係が作用して、提案に歪みが生じてくる。駆の意図とは不本意に、コピーが決定されてしまう。そんな日々を過ごしていると、まるで自分が、コピー製造マシーンにでもなったような気持ちにさえなった。

しかし、どんな時も、駆はコピーライターとしての誇りを捨てなかった。

全身全霊でコピーを書く。自分の魂を言葉に込める。絶対に妥協はしない。必ずベストを尽くす。そうやって、己を鼓舞するように仕事を続けた。そうでもしなければ、自分自身の存在意義がなくなってしまう。だからこそ、駆は、猛然と駆け抜けたのだ。

だが、駆の思いとは裏腹に、仕事が途切れることもあった。デジタル化が否応なく進む広告業界では、コピーライターの仕事は減少傾向を辿っていった。ウェブの世界では卓越した表現よりも、コストのかからないコピペ（コピー＆ペースト）が多用されるようになっていった。その背景には、予算カットによって、自らがコピーを作成する担当者が急増したことにあった。文章作成の能力がない者たちは、徹底的にコピペに依存していった。

誰でもコピーが書ける。それは、半分は本当で、半分は嘘だ。

プロフェッショナルのコピーライターが、文章を一読すれば、素人が書いているのか、あるいは、他人の文章を借用しているのかは、すぐに読み取れるものだ。コピペが黙認されて、コピーライティングが軽視される。そんな時代の流れの中で、これまで広告制作に携わってきた者たちは、ただ、もがくしかなかった。駆は、溺れそうになりながらも、フリーランスのコピーライターであり続けるしか術がなかった。

やがて、本格的な暗黒時代へと突入した。

「土岐、申し訳ない。先方の都合で、これからはコピーの仕事は単発になりそうだ」

佐伯からの発注も、次第に減っていった。ただでさえ、単価は高くないのに、仕事自体がなくなってしまう事態は、如何ともしがたかった。

コピーライティングの仕事が減ると、駆は、止むを得ずに、アルバイトで食い繋いだ。焼肉屋の皿洗い、美術館の設営スタッフ、左官屋の助手、解体作業の手伝い、古物商の補佐、プールの監視員、宅急便の配送係など、慣れない肉体労働が中心だった。アルバイト先では、友人や知り合いになった者たちを通じて、出来るだけ効率の良い現場を回してもらうようにも取り計らった。

各アルバイト先では、気の合う仲間もできた。時には、一緒に飲みに行くこともあったが、行き先は、格安の居酒屋と相場が決まっていた。皆一様に金に困っているので、つまみを注文するのも憚《はばか》られた。アルコールの強い酒を飲み続けて、頭を痺れさせ、取り止めのない話を交わすのがパターンだった。

アルバイト先で、駆は、実に様々な人種に会った。

年齢がバラバラであるばかりか、一度も広告業界では巡り会わなかったタイプの人たちだった。勤め先が倒産した元サラリーマンから、俳優やミュージシャンを志す者、経営していたバーの金を使い込んで廃業した者、万年大学生、フリーター、元ヤンキー、偽の学生証を携えた詐欺師、そして、前科者まで、人種のるつぼだった。

駆は、初めて、広告業界以外の人間たちとつき合うことで、自分がいかに小さな世界の中で生きてきたのかを思い知ることになった。いい奴もいた。嫌な奴もいた。だが、共通しているのは、皆一様に、脛に傷を持っていたことだった。どこか挫折感を味わってきた者が持つ匂いのようなものがした。そんな風に感じる自分に対して、時折、もう一人の自分から自嘲的に指摘された。

（傍目から見れば、お前だって、彼らと大差はないんだ）

大半、賃金は日当で支払われた。つまりは、日雇いということだ。アルバイト代を手に入れても、油断していると、あっという間に無くなってしまう。やがて、仲間たちと飲む場所は、格安の居酒屋でもなく、日が落ちて人影が少なくなった公園になった。近くにあるコンビニで買ったビールや酎ハイを片手に、ひと時を楽しむのだ。

駆は話題にだけは事欠かなかった。どんな相手にも、世界を旅してきた話はウケたからだ。駆は、巡ってきた国々で体験した様々なストーリーで、仲間たちをエンターテインしていった。アルバイトは単純作業で、責任も軽い上に気楽だった。しかし、決して自らは望んでいない作業を、朝から晩までやらなくてはならない。時には、正社員から理不尽な理由で怒鳴られることもあった。だが、腑に落ちなくても、口答えをする者は一人もいなかった。鬱屈したものを抱えながらも、感情を押し殺して、やり過ごさなければならなかったのだ。

そんな一日の終わりには、誰もが現実とは異なったストーリーを欲していたのかも知れなかった。現実のストーリーになると、愚痴や泣き言や不平不満のオンパレードになってしまうからだ。駆は、敢えて、旅の話を面白可笑しく、披露するように努めたのだった。

「土岐さん、次は、どの国に行きたいんですか？」

宴もたけなわで、皆に酔いが回ってくる頃には、大抵、そんな質問をされた。駆は、その時々で、答を変えていった。それは、ゲームのようなものだった。駆自身も、そんなゲームを内心で楽しんでいた。しかし、アルバイトの仲間たちと別れて一人になると、自分が本当にその国へ行きたいのか、分からなくなってしまうのだ。元より、このままアルバイトを続けても、その賃金だけでは、旅に行くことなどできやしない。そのことを、誰よりも理解しているのは、駆自身だった。

このままでは、いけない。

駆は、アルバイトと並行しながら、コピーライティングの仕事を少しでも増やすために営業をはじめた。その頃には、駆が起こした暴力事件を覚えている者も、徐々に減っていった。だが、時間が経つにつれて、別の問題が浮上した。それは、重ねた年齢に他ならなかった。相手を選べる発注側にしてみれば、得てして、外注先には扱いやすい若い者が好まれる。わざわざ年上のコピーライターに仕事を発注する者は少ない。知らぬ間に、駆の年齢は、「避けられる」までに到達していたのだ。

それならばと、駆は、外国人たちを当たりはじめた。かつてパーティーで知り合ったコネクションを見直して、東京在住の外国人クリエイターたちに声をかけていったのだ。すると、絶妙なタイミングで、英語が理解できるコピーライターを探している者たちに出くわした。日本語が堪能ではない彼らにしても、渡りに船だった。来日以来、抱えていた問題がクリアできる。彼らは、駆の誘いに飛びついたのだった。

幸いにも、駆は、二社から定期的に仕事が入るようになった。彼らとのミーティングは、当然、英語で進められた。企業側の担当者が、英語の苦手な場合は、駆は通訳の役割も担った。あくまでもマーケットは国内なので、コピーのアウトプットは日本語となった。複雑な状況ではあったが、水を得た魚のように、再び、駆はコピーを書きはじめた。

東京在住の外国人クリエイターたちに、日本語のコピーを提供する。意外にも、その役回りは功を奏していった。駆は重宝がられ、やがて、仕事は軌道に乗ってきた。

（どうして、今まで気づかなかったのだろう）

駆は自問自答した。おそらくは、過去の栄光に囚われるばかりに、視野が狭まっていたのだろう。あるいは、アルバイト先で出会った様々な人間が、反面教師となったからかも知れない。あるいは、辛く苦い経験を積み重ねたことで、「何でもできる」と腹を括ったからかも知れない。もしかしたら、本来の自分自身の姿に戻るためには、それら全ての人生経験が必要だったのかも知れない――

いずれにせよ、駆は、覚悟を決めて、アルバイトをきっぱりと辞めたのだった。

東京在住の外国人たちは、どこかで皆、繋がっていた。企業側の担当者とクリエイターも然りだった。一見、ニッチな世界かも知れなかったが、彼らは、コネクションを活かして、名だたる企業のコピーライティングの仕事を駆に運んできてくれた。

駆自身にとって、フリーランスに転身して以来、やって来た大きなチャンスだった。駆は、二ヶ国語を駆使して、様々な要望に応えていった。形を変えながらも再出発したコピーライティングの仕事は、駆に、二つのものを与えてくれた。一つは、コピーを書くことでもたらされる喜び。もう一つは、海外へと旅をするための報酬だった。

駆には、以前に比べると、自由な時間が格段に増えていた。もうサラリーマン時代のように渡航の日程を短期間で組む必要はなかった。渡航する回数自体は減ったが、一方で一度の滞在期間は長くなった。旅程は、短くても一ヶ月、長ければ二〜三ヶ月にも及んだ。駆は、これまでに訪れることができなかった国々へも、足を伸ばすようになった。

海外を旅している間に、仕事の発注があれば、駆は臨機応変に応じた。そんな駆のノマドスタイルを、外国人のクリエイターたちは、当然のように受け入れてくれた。しかし、何故か、佐伯は受け入れてくれなかった。佐伯は、どんな時でも、仕事をする際には、駆に日本にいることを求めた。外国人クリエイターとの仕事が増え、海外で過ごす時間が増えていくと、皮肉なことに、佐伯との交流は途絶えていくことになった。

ある日、佐伯に「どうして、そんなに海外へと旅に行くんだよ？」と電話で尋ねられた。

駆は、一瞬、躊躇《とまど》ったが、正直に本心を伝えた。

「俺は、世界の全ての国に行きたいんです。どうしてと聞かれても、どうしてもとしか答えられません。敢えて言うなら、それが俺の人生だからです」

それが、偽りのない本音だった。クリエイティブの第一線から外れて以降、駆の人生からは、野望が消え去ったのだ。かつて、「世界の頂点に立ちたい」と心に抱いた大きな夢が無惨にも弾け飛んだ瞬間に、駆は人生の半分を放棄した。結婚をして、子供をつくって、幸せな家庭生活を築く。そんな一般的な幸福を、人生を、身体は受けつけなくなった。率直にいえば、そんなことは想像できなかった。食っていくのに、生きていくのに、必死だったからだ。

ほぼ全ての趣味やスポーツを止めた。いや、止めざるを得なかった。しかしながら、唯一、旅だけは止めなかった。どうしても、止められなかった。旅までをも止めてしまったら、駆は自分自身ではなくなってしまうことを確信していた。

少なくとも、「生きている」という実感を得られる手段を手放したくはなかった。人生から「旅」を取られたら、生きている価値がないと信じて疑わなかった。裏を返せば、何もかもがなくなっても、「旅」さえできれば、良かったのだ。（次は、あの国に行くんだ）そう自分に言い聞かせることで、何とか、人生の帳尻を合わせてこられたからだ。

「残念だよ。海外に行く予定なら、次の仕事は出せないぞ」

そんな佐伯の言葉にも従うことはできなかった。例え、どんなに感謝をしていてもだ。人生は、何が起こるか分からない。明日、死を迎える可能性だってゼロではない。駆は、自分らしい人生を送りたかった。最後まで、自分の人生を駆け抜けていきたかった。何よりも、後悔をする人生だけはご免だった。その気持ちを、何とかして、佐伯には分かって欲しかったのだ。だから、こんな言葉が思いがけずに口からこぼれた。

「旅は、俺の生き甲斐なんです。俺は、俺の人生を全うしたいんです」

駆のその言葉に対して、佐伯は、沈黙した。一瞬のことだったが、永遠に続くように駆には感じられた。佐伯は、咳払いをすると静かに告げた。

「分かったよ。勝手にしろ――」

突然に通話は切れた。その瞬間、駆は、最大の理解者に見放されたことを悟った。その後、佐伯から仕事の依頼は二度となかった。

16

それから、十年もの月日が流れた――

駆は、ロープウェイの山頂で、中央アジアの絶景を目蓋に焼きつけた後、レストランでビールを味わっていた。そして、このところ、立て続けに送られてくるようになった佐伯からのメッセージに目を通した。駆が海外にいることを知ると、決まって、佐伯は連絡を途絶えさせた。だが、今回は違った。多い時には、一日に何度もメッセージを送ってくるのだ。はっきりは分からないが、何となく胸騒ぎがした。

旅の途中で、日本にいる者へ連絡することは滅多になかったが、駆は、思い切って佐伯に架電した。スリーコールで佐伯に繋がった。

「土岐です。ご無沙汰しています」

「おお、元気そうだな。今、どこ？」

「カザフスタンのアルマトイですよ」

「遠くの国にいるんだな。お前が羨ましいよ」

一瞬、佐伯の意外な言葉に戸惑った。けれども、その驚きは、はじまりに過ぎなかった。

「土岐、わざわざ連絡をくれて、ありがとう」

「どうしたんですか?」

「うん。実はな、オイラ、癌になっちまったんだ。もう何年も、土岐に会わなくなったのは、オイラのそんな姿を見せたくなかったからなのよ。でもな、もういつまで持つか分からない。だから、お前にだけは、知らせておこうと思ったんだ」

駆の胸騒ぎは、的中した。

「土岐、オイラの最後の望みを聞いて欲しい」佐伯は一旦言葉を止めると、堰を切ったように話し出した。

「オイラな、海外の広告賞を獲りたいんだ。これまでの間、ずっと商売はそこそこにやって来たよ。だけどさ、海外の広告賞なんてのには、無縁だったんだ。正直に言えば、土岐のことが羨ましかった。オイラ、自分の人生にも、広告業界にも未練はない。精一杯にやり切ったからな。だけど、やっぱり、やっぱりな……」

「やっぱり、何ですか? 続けてください」

「最後にトロイフィーを貰って、表彰台でスポットライトを浴びてみたいんだ。冥土の土産にもなるからよ。オイラ、最後に一発を狙って、お前ともうひと暴れしたいんだ。悪いけれど、つきあってくれるかな?」

駆の心には、一つの返事しか浮かんでこなかった。

「やりましょう」

iPhone越しに、佐伯のくぐもった声が聞こえてきた。五千キロの距離を隔てていても、佐伯が涙ぐんでいるのが伝わってくる。

駆は、心に誓った。必ず、佐伯に花道を飾らせるのだ、と。それこそが、世話になってきた恩人への恩返しになるのだから、と。

通話を切ると、駆の心の中には、佐伯との様々な場面が浮かんできた。競合プレゼンテーションに向けて真剣に意見を交わしている二人、明け方まで飲み歩いて千鳥足になっている二人、つまらないことで言い争いになっている二人、仲直りをして再び酒と笑いを交わし合っている二人
――

最後に佐伯に会ったのは、確か、五年前だったはずだ。連絡が途切れたのは、ずっと旅を続けている自分のことを、快く思っていないからとばかり思っていた。しかし、それは違った。佐伯は、ひたすらに病のことを、隠し通していたのだ。

（こうなったら、俺が、何とかしなくてはいけない）

だが、駆は、一体、どこから手をつけていいのか、皆目、見当がつかなかった。考えてみれば、もう十年以上も賞レースから離れているのだ。

市内観光を終えた駆は、ホテルに戻るやいなや、行動を開始した。

まずは、第一線で活躍するクリエイターたちに、現状を聞いてみなければならない。駆は、在

籍していた外資系広告会社のエグゼクティブ・クリエイティブ・ディレクターたちに打診をしてみた。既に十年以上の時間を経てはいたが、ありがたいことに次々と返事が戻ってきた。

話を総合すれば、昨今、様々な国際広告賞は新設されたが、Cannes Lionsが世界で最も注目されていることに変わりはなかった。最近のトレンドとしては、「社会貢献のためのアクション」「ブランドが成長しつつ社会にも変革を起こすもの」が強いのだという。どうやら、広告表現の強さだけで受賞するのは、難しくなってきているようだった。

次に、駆はチーム構成を考えた。コピーライティングを含めたクリエイティブディレクションは自分が担当すればいいが、肝心のアートディレクションはどうするのか。佐伯の病状を考慮すれば、誰かを立てることは必須だろう。決して、負担はかけさせられないからだ。望ましいのは、デザイナーも兼務できるアートディレクターだ。さらには、海外の広告賞を受賞した経験も不可欠だ。駆は、全神経を集中させて考えた。

胸の内に現れたのは、一人しかいなかった。それは、紛れもなく真悟だった。

しかし、真悟とは、(佐伯以上に)長期間に渡って、連絡を取っていない。振り返ってみれば、駆が前社を退職して以来、音信不通となっているのだ。

今さら、連絡したところで、どうなるというのだ。断られるのがオチだろう。別の候補者を探した方がいい。駆の頭の中では、何人もの顔が浮かんでは、消えていった。念には念を入れて、候補者の名前を手帳に書き出してもみた。しかし、何度、試してみても結論は同じだった。真悟に勝る相棒は一人もいなかった。

気がつけば、深夜になっていた。もう四時間も、ホテルの部屋で考え続けていたことになる。駆は、真悟に向け、偽りのないメッセージを打ち込んで、送信する決心をした。

一つの命がこの世界から消え去ろうとしているのだ。時間は限られている。躊躇している暇などない。駆は、プライドを捨てて、メッセージを送信した。

真悟からの返信をもらったのは、隣国であるウズベキスタンのサマルカンドに移動した直後だった。グーリ・アミール廟の青いドーム状の建物を見上げていると、イスラム教のコーランが聞こえてきた。ライトアップされた幻想的な雰囲気の中で、耳にするコーランはどこまでも美しかった。駆の願いが神に届いたのだろうか。真悟は「出来る限り協力します」とメッセージを送ってきてくれた。駆は、予定を切り上げて、年始に帰国することにした。

一刻でも早く、会って話がしたい。そんな駆のリクエストに応えて、真悟は成田空港まで迎えにきてくれるという。バゲッジ・クレームでスーツケースをピックアップして、税関検査を抜けた。駆は、胸が高鳴るのを感じた。到着ロビーに進むと、駆に向かって手を振る男の姿が目に飛び込んできた。真悟だった。

「お帰りなさい」

「ただいま」

二人は堅い握手を交わした後、ハグをしあった。

「元気だったか?」

「何とかやってますよ。駆さんは？」

「俺も、何とか生きているよ」

「僕、車で来ているんで、駐車場に向かいましょう」

二人は並んで、駐車場へと歩いていった。一緒に歩を進める度に、駆は、少しずつ二人を隔てていた距離が埋まっていくように感じた。その感覚は真悟も同様のようだった。

真悟の車は、駆が見慣れたハイラックスサーフの旧車だった。突然、駆の心に懐かしさが込み上げてきた。その車は、かつて、駆が真悟に譲り渡した一台だったからだ。

「まだ、この車に乗っているんだな」

「ええ。気に入っているんで、なかなか手放せないんです。それに、新たに車を買う余裕もないので」

「奥さんがいると、好き勝手もできないか」

「駆さん、僕、離婚したんですよ」

「えっ、いつ？」

「会社をリストラされた、翌年です。だから、もう七年前になりますね」

「リストラ？　それも初耳だぞ。メールには、そんなこと一言も書いてなかったじゃないか」

「駆さんには、会った時に全部話そうと、決めてたんですよ」

「そうか……。それで、今は、別の会社に所属してるのか？」

「いえ。四十歳を越えたら、どこも雇ってくれませんよ。仕方なくフリーランスでやっている感じです」

「そうだったのか……」

真悟は駆のスーツケースを荷台に積み込むと、「行きましょう」と言った。駆は、静かに頷いてから助手席に腰を下ろした。そこから、高速の途中まで、二人共に黙ったままだった。どんよりとした雨雲が、空を覆うように一面に広がっていた。まるで二人の気持ちを象徴しているかのようだった。暫くすると、小雨までぱらついてきた。

長い沈黙を破ったのは、駆だった。

「その後、佐伯さんには、真悟のことは伝えた。くれぐれも、真悟に『よろしくお願いします』と伝言して欲しいということだったよ」

「はい」

「心当たりがあるクライアントには、既に当たっているようだ。アイディアも出すんだって、佐伯さんは張り切っている。けれど、通院をしながらだから、実際、身体はキツいんだと思う。抗癌剤を打つと、意識が朦朧としてしまって、気力も湧かなくなるようなんだ」

「ステージ4でしたよね。駆さんからメッセージをもらってから、僕も、いろいろ調べてみたんです。癌の場所によっては、手術ができないで、化学治療をするだけのケースもあるようですね」

「プライバシーに関わる微妙なところだから、俺からは余り詳しくは聞いていないんだ。あくまで、佐伯さんが伝えてくれる情報を元にして判断するしかない。だけど、時間が迫っていることだけは確かだ」

「そうですよね。今年のCannes Lions開催まで、半年。そこから逆算してみると、エントリーするタイムリミットは、三月末になりますからね。様々な手続きまで考えれば、それぐらいで、まとめなければならない計算になります」

「ああ。あと三ヶ月。余り時間はないけれど、三月末までは、出来る限りの手は尽くそう」

「了解です」

駆と真悟は、その会話を皮切りにして、様々な話題に移っていった。音信が途絶えていた間に、お互いの身に起きたことをはじめ、それぞれがどんな想いで仕事に取り組んできたのか、かつての同僚たちの行方、自殺未遂を起こしたアートディレクターの事件の詳細、そして、二人で世界中を巡った思い出まで、話題は尽きなかった。

成田空港から、駆の住む中野区方南町へ移動するまで、二人の心は、ホアヒン、マイアミ、ロンドン、カンヌを慌ただしくトリップしていった。駆は気持ちが高揚してきて、真悟を街で見かけた時、声をかけられなかったことを、遂に、告白した。

「まあ、俺は格好をつけたかったんだよな。順調な様子で生きている真悟に対して、コンプレックスを抱かざるを得なくてさ。それでも虚勢を張りたかったんだと思う」

「駆さん、正直に言いますね。僕も、駆さんを見かけた時、やっぱり声をかけられなかったんです。一度目は新宿、二度目は下北沢、そして、三度目は中野でした」

「えっ、何でだよ？」

「リストラされた後、離婚が続いて……今、考えれば、人生に絶望する余りに勇気がなくなっていたんでしょうね。駆さんは、相変わらず世界中へ旅を続けているらしい。そんな噂を耳にして、単純に羨ましかったんだと思います。結局、僕は、優柔不断なんです。駆さんほど才能はないから、破天荒にも生きられない。今の仕事だって、ルーティンばかりで、決して面白いものじゃありません」

「真悟、繰り返しになるけれど、フリーランスで食っていくのは、俺にとっても想像以上に大変だったよ」

駆は、曇り空の遠くを眺めながら、吐き出すように言った。

「どんなに一所懸命に仕事をしても、報われなかったり、評価されなかったり、無視されたり。けどな、ある日、サラリーマン時代に比べて、いろんなことができるようになっている自分に気づいたんだ。そして、割り切ることにした。広告業界には、実に様々な種類の仕事がある。その世界では、幅広い守備範囲でプレーできる人間が必要なんだって。そして、雑草のように逞しく生きていく決心をしたんだ」

「はい」

「カンヌに滞在していた時、二人で、俺たちは幸せな人生を送っているって話をしたことを覚えているか?」

「覚えていますよ」

「あの時は、そう言ったけれど、本当のところは、まだまだ分かっちゃいなかった。アルバイトをして食い繋いでいた頃、俺は、心の底から感じたんだよ。クリエイティブの仕事をしていて良かったって。俺たちは、幸せな人生を送ってきたんだって。何かに夢中になれる。何かに没頭できる。そんな仕事って、滅多にないじゃないか」

「そうですよね」

「今回、佐伯さんから依頼を受けたのも、そして、お前に連絡を取ったのも偶然じゃない気がするんだ」

「偶然じゃないとすれば、どういうことなんでしょうか?」

「必然さ。あるいは、運命と断言してもいいかも知れない。クリエイティブの神様が、久しぶりに俺たちに微笑んでくれている気がするんだ。俺にもお前にも、いろいろなことがあったけれど、まだ踏ん張って、何とかクリエイティブの仕事をしている。そのご褒美として、チャンスを与えてやるよって。幸せな人生を、もう一度、思い出せって」

「駆さんから、連絡をもらった時、僕も同じ様に感じました」

「そうか。因みに、最初に俺にクリエイティブの神様の話をしてくれたのは、佐伯さんなんだ。それから、佐伯さんは、よく雑草の話もしてくれた」

「雑草?」

「ああ。俺たちは、広告業界の雑草だって。俺も佐伯さんから教えてもらったんだが、雑草って強そうに思えるけれど、実は競争力は弱いんだってな。生存競争に弱いからこそ、人に踏まれるかも知れない道ばたなんかで生きる道を見つけたらしいんだ」

「何だか、共感できる話ですね」

「他人のいないところで輝く逆境の人生を選ぶ。そういう意味においては、俺たちと同じさ。環境が変化しても、成長のタイミングや自分の大きさ、花が咲く時期などを変えて生き残れるのは、雑草だけだ。ナンバーワンに強いんだ。それが、佐伯さんの口癖だったんだよ」

「雑草も花が咲くんですか？」

「勿論だ。でもな、一つ条件があるんだよ」

「どんな条件ですか？」

「雑草は、過酷な環境じゃないと、花を咲かせられないんだ。逆に環境がいいと、葉や茎しか育たないんだ」

「そうなんですね」

「真悟、例えるなら、広告業界はコンクリートジャングルだ。恐ろしいほどに厳しい世界だよ。だからこそ、雑草の強さを持たなきゃならない。俺たちに必要なのは、アスファルトの隙間にだって、花を咲かせられる。そんな強さだ」

佐伯の話になると、駆の心の中には、再び、二人で過ごした様々な場面が鮮やかに浮かんできた。こうして振り返ってみると、改めて、佐伯の言葉や信条が、駆自身の血や肉となっているのが分かった。

「いい人なんだよ」

駆はそう言いながら、思わず、涙ぐんでしまった。旅先では、一人抱え込んでいたのだが、こうして、本心を真悟に吐露すると、押さえ込んでいた気持ちが次から次へと溢れてきてしまって、どうにも止められなかった。

「最後に花道を飾ってあげたいんだ」

その気持ちは、真悟へストレートに伝わった。気がつくと、真悟自身の頬にも一筋の涙が流れていた。

真悟は、駆を自宅マンションに送り届けると、再会の約束を交わして立ち去ることにした。真悟が立ち去る直前、駆は感謝の意を込めて「ありがとう」と告げた。

「真悟、何だか、俺、吹っ切れたよ。胸のうちを話せて、本当に良かった」

「駆さん、それは、僕も同じです。ひょっとしたら、駆さんに、嫌われてしまったんじゃないかと思い悩んでいましたから。お互いに誤解があったことを知って、ホッとしました。いろいろ、話してくれて、ありがとうございました」

「じゃ、真悟。明日な。今夜、一晩寝れば、疲れも取れると思うから」

「分かりました。では、午後一にお邪魔させていただきますね」

「ああ。待ってるよ」

別れ際、駆と真悟は、再び堅い握手をして、お互いの気持ちを確認し合った。

駆は、自分の部屋へ戻ると、早速、風呂のお湯を溜めはじめた。海外の宿には、バスタブがないことが多い。そんな時には、お湯に浸かる行為が、何よりも恋しくなる。

帰国した日、旅の垢を落としながら、英気を養う。それは同時に、日本の日常へと帰還する、全てをリセットするための必要不可欠なセレモニーなのだ。

三十分ほど、ゆっくりとお湯に浸かった後で、駆は、近所にある焼肉屋で食事を済ませた。腹が膨れてくると、急に睡魔が襲ってきた。まだ、午後七時であったが、駆は帰宅するやいなやベッドに入った。目を閉じると、間もなくして、眠りに落ちていった。

17

駆は、一昨年《おととし》訪れた、ジョージアの国の夢を見ていた。

首都トビリシと二番目の都市であるバトゥミで過ごした日々の中で、一番心に残っているのは、街中の至るところにいる野良犬たちだった。

ジョージアの野良犬は、大方、狂犬病の予防接種や避妊手術を受けていた。耳には、その証としてプラスティック製の丸パッチやリストバンドのようなタグが施されている。ジョージアは寒いエリアに位置するためか、犬たちの身体は大きいのだが、愛想が良くてどこまでも人懐っこいのだ。

頭を撫でてやると、嬉しそうな表情を見せる。首や背中をマッサージしてやると、腹を見せて喜ぶ。毎日、複数の犬たちと顔を合わす度に、駆は、触れ合うことで信頼関係を結んでいった。顔見知りになると、余った食べ物を使って、犬たちに「お手」や「おかわり」や「おすわり」を教え込んでいった。ジョージア語もロシア語も、日本語とは似ても似つかないが、犬たちは駆の話す言葉を理解して、面白いくらいに言うことを聞くのだった。

ジョージアの国の人たちは、野良犬たちに優しかった。駆は、街中で人々が犬にドッグフードや肉などのご馳走を与えている場面を数えきれないほど目撃した。さらに、野良犬たちのために犬小屋を作って与える人々もいた。人と犬が、街中で見事に共存しているのだ。駆は、世界中の国々で野良犬を見てきたが、ジョージアの野良犬ほど従順で可愛げのある犬たちは、はじめてだった。

駆の姿を確認すると、犬たちはつぶらな瞳を潤ませて、駆け寄ってきた。「おはよう」とか「元気かい?」とか、駆がしゃがんで話しかけると、犬たちは決まって甘えた仕草を見せた。駆は、毎日のように、街中や公園を散歩した。すると、犬たちは駆の周りを護衛するように歩きはじめるのだ。犬たちには、しっかりとした縄張り意識を持っていて、長い距離を歩くと別の犬たちが吠え立てた。それでも、駆は、次々と出会う犬たちに挨拶をしてコミュニケーションを図っていった。やがて、犬たちは、駆のことを良き友だち、あるいは、仲間だと認識するようになった。

犬たちは、犬好きな人間か、犬嫌いな人間かを驚くほど正確に判断した。駆は、超の字がつくほどに犬好きである。そのバイブレーションは、犬に確実に伝わるのだ。どんなに身体が大きい犬でも、駆は少しも怯まなかった。時折、犬嫌いな人間は、犬に吠えられたり、追いかけ回されたりした。そんな時は、駆が声をかけて、注意を促すと、犬たちは大人しくなった。

駆がジョージアという異国で、一瞬たりとも寂しく感じなかったのは、紛れもなく、犬たちのおかげだった。

犬たちに一匹ずつ名前をつけて、その愛称で呼んでいると、まるで自分の飼い犬のように愛おしい気持ちにさえなれた。散歩に同行する犬も一匹ずつ増えていき、時には、七〜八匹の犬たちと一緒に散歩をすることもあった。駆と犬たちの余りの仲の良さに驚いて、写真や動画を撮影する者たちさえ現れたほどだった。

あるロシア人の若者は、駆に尋ねた。

「どうしたら、犬たちをそんなにも懐かせられるんだい？」

「うーん。俺にも、よく分からないんだ。でも、犬たちが人間の言葉が理解できることを俺は知っている。彼らは、人間の言葉を話さないだけで、全部、理解しているんだよ。だから、俺は、いつも話しかけるんだ。そして、積極的にコミュニケーションを図るんだよ」

「どんな風にだい？」

「一匹ずつ名前をつけて呼ぶようにする。それから、首や背中を優しくマッサージしてやるんだ。野良犬たちは、厳しい環境の中でサバイブしているから、身体が凝っていたりするのさ。マッサージでほぐしていくと、どんな犬も気持ちよさそうな表情を見せるよ。目を細めて、ため息をつくのが分かる。不思議なことに、それで眠ってしまう犬もいる。一方で、まだ、物足りない時は『もっとして、もっとして』ってねだってくるんだ。可愛いものさ」

「へえ。君は、犬の気持ちも言葉も分かるんだね。凄いなあ。複数の犬たちを従えて君が歩く姿を目にした時、君がまるで王様のように見えたんだよ。君は紛れもなく、キング・オブ・ドッグさ」

「キング・オブ・ドッグか。ハハハ、悪くないかも知れないね」

「キング・オブ・ドッグ、後ろを見てごらんよ。沢山の犬が、君にマッサージをされたがって、行列をつくって並んでいるよ」

駆は、後ろを振り向いた。ロシア人の若者が言った通り、そこには百匹を超える犬たちが、長蛇の列をなしていた。それはかなり壮観な眺めだった。やがて、痺れを切らした犬たちは、一斉に駆の元に集まってきた。駆は、犬たちに囲まれた後、胴上げされた。ワンショイ、ワンショイ、ワンショイ！　そこで、夢は覚めた。

駆が目覚めると、空は薄明るくなっていた。

（どうして、ジョージアの犬たちの夢を見たのだろう）

駆は、自問自答をしてみた。心に浮かんでくるのは、滞在の最終日に、犬たちに別れを告げたシーンだった。帰国しなければならない旨を告げると、犬たちはとても悲しそうな表情を見せた。そして、悲痛な鳴き声を上げた。

「帰らないで！」

「置いていかないで！」

「ずっとここにいて！」

犬たちは、はっきりとそう伝えてくるのだ。駆には、それが痛いほどに分かった。駆の人生において、これほどまでに犬を愛おしいと感じたことはなかった。日本に帰国してから暫く経っても、未だに、駆はジョージアの犬たちとの絆を鮮やかに思い出す。それを証明するように、犬たちは、時々、駆の夢の中に姿を現すのだった。

ほとんどの犬たちは、食べ物も、寝る場所も問題なく確保できていた。しかし、犬たちとの日々を過ごす中で、駆は、犬たちに一番足りないものを悟った。

それは、紛れもなく「飼い主」だった。野良犬たちは、明らかに愛に飢えていた。何よりも、駆は、そのことを確信していたのだ。

さらに、あることが心に引っかかっていた。駆はベッドから起き上がると、MacBook Airを開いた。そして、何百枚と撮影をしたジョージアの犬たちの写真に目をやった。画面をスクロールしていくと、やがて、二枚の静止画に辿り着いた。

二枚共に、二番目の都市であるバトゥミで撮影したものだった。

一枚は、片目の犬の静止画だった。その犬は、交通事故後、バトゥミの小規模なシェルターに保護された犬だった。手術を受けた左目は閉じられたまま縫い合わされていた。その姿を目にしたとき、駆は溢れてくる涙を止めることができなかった。

もう一枚は、片足の犬の静止画だった。右の前足が丸ごと一本ないのだ。それでも、その犬は、三本の足で驚くほどに器用に歩いた。駆はその犬を、偶然に雨宿りをしたバトゥミにある「マグノリア」という建築物の中で見かけた。おそらく、片足になったのは、交通事故が原因だろう。トビリシに比べて、バトゥミの交通事情は、非常に危険なものだった。駆は何度かタクシーを利用したのだが、誰もが猛スピードで飛ばした。一般車も例外ではなく、街中はさながらサーキット場のようだった。街中を歩いているだけで、危険極まりない運転をするドライバーが多いことを実感した。そのために、多くの野良犬たちが犠牲となっていた。

バトゥミは、黒海沿いの街だ。つまり、海沿いなので気の荒い人間も多いのだ。加えて、道幅は広く、碁盤目状になっていることも、ドライバーたちがスピードを出し過ぎることを助長していた。特に危ないのは、朝と夕方、そして、雨や雪が降る日だった。

残念ながら、その状況を仕方がないと捉えて、見過ごしている人がほとんどだった。片目だったり、片足だったり、奴らは幸いにも保護されて治療を受けられた僅かな例外だ。ほとんどが傷ついても治療を受けられない姿を目の当たりにして、駆は切なくなった。交通事故で傷つき、そのまま治療をされなければ死ぬケースもある。

「飼い主」がいない犬たちが、街に溢れている状況は、駆のような一時的な観光客にとっては微笑ましい。だが、その反面、目を覆うほどに悲惨な状況を生んでもいるのも事実なのだ。

駆は、二枚の静止画をポップアップさせて、交互に見つめた。覚えているのは、こんな目に遭いながらも、犬たちは律儀に立ち振る舞っていたことだ。駆が頭を撫でてやると、どちらの犬も尻尾を仕切りに振るのだった。

「このままじゃいけない。絶対に、絶対にだ」

駆は、当時、痛感した気持ちを心に蘇らせていた。一つのビッグ・アイディアが閃いたのは、その瞬間だった。それは、ジョージアの犬たちを救いたいという気持ちから、浮かんだアイディアだった。


もし、昨今のCannes Lionsが「社会貢献のためのアクション」や「ブランドが成長しつつ社会にも変革を起こすもの」を求めているとするならば、「野良犬たちに飼い主を見つけること」は、紛れもなくそれに当てはまるはずだ。ジョージアの街に溢れている犬たちにとって、一番必要なのは、無条件に愛してくれる「飼い主」に他ならない。

しかしながら、問題点は、ジョージアは犬をペットとして飼うという市場が成熟していないということだ。一九九一年にソビエト連邦が崩壊して、ジョージアは独立を果たした。その国土面積は、北海道よりひと回り小さい七万平方キロメートル弱、人口は約三七〇万人の小さな国なのだ。また、国内の平均月給は、日本円で一〇万円ほどである。先進国に比べると決して裕福とは言えない。

駆は、午前中いっぱいを使って、ジョージアの国の現状を隅々までリサーチしていった。

午後一時になると、玄関のベルが鳴った。扉を開けると、真悟が立っていた。駆は、真悟を部屋に招き入れると、夢に出てきたジョージアの犬のことを語りはじめた。勿論、閃いたビッグ・アイディアと共に。

「駆さん、素晴らしいアイディアじゃないですか。夢に見るということは、それだけ思い入れがあるということです」

「ありがとう。でもな、ジョージアの市場を考えると、今ひとつ、アイディアが着地しないんだ。それに、あくまで、俺は日本人のクリエイターだ。俺がジョージアの抱えている社会問題を解決するというストーリーも、どこか無理はないだろうか？」

「うーん。その国の問題を解決するのであれば、クリエイターの国籍は関係ないと思いますが、飛躍していると言われれば、そんな気はしますよね」

「やっぱり、そうだよな」

「でも、僕たちが日本人のクリエイターとして、介入するのであれば、逆に日本人というアイデンティティを活かすのはどうでしょう」

「どういうことだ？」

「日本とジョージアの二ヶ国を絡めるんですよ」

「なるほど」

「日本でも社会貢献になる。そんな立体的なアイディアなら、無理はないような気がします。例えば、日本って、離婚率が高くなっているじゃないですか。僕みたいに、数年で別れるケースも増加の一途を辿っていますよね。それも一つの社会問題だと思うんです」

「そうだな。最近、日本の社会問題だと、俺が常々感じているのは、高齢者の自殺や孤独死が増えていることだ。日本という国は、世界でも稀にみる長寿国だよな。俗にいう高齢化社会だ。当たり前の話だけど、夫婦が死ぬのは、必ずしも同時じゃない。長年連れ添った伴侶の死がきっかけとなって、自殺や孤独死になるなんて、想像するだけでゾッとする話だよな」

「ええ、極めて酷い社会問題ですよ」

「真悟、愛する人に先立たれた高齢者の立場で想像してみよう。子供や孫がいるなら、まだ救われる。しかしながら、現実には、さらに核家族化が進んでいくのは否めない。そうなれば、子供や孫と顔を合わす機会は必然的に減っていく。また、少子化が止まらない日本では、子供や孫に恵まれないケースも多々あるだろう。独りぼっちの高齢者は、一体何を望むと思う？ 別の言い方をすれば、彼らには何が必要だ？」

「あっ！」真悟が素っ頓狂な声を上げた。「野良犬に繋がりますね」

「ご明察だ。さっき、真悟の『二ヶ国を絡めるんですよ』という提案を聞いて、着地が見えた気がしたんだ。これならいけるかも知れない」

駆はノートに手書きで、タイトルを書きはじめた。タイトルは、「ジョージアの犬を救うプロジェクト×日本人高齢者を救うプロジェクト」だった。

「いいか。たとえば、犬の飼い主を見つけることを目的に、ジョージアの野良犬たちを日本へ輸出する。それを、高齢者にプレゼントするんだ。今、大きな社会問題になっている自殺や自然死を軽減できる可能性は充分にあるだろ？」

「その通りですね。ただし、一つ問題が残ります。日本の保護犬はどうなるのでしょうか？」

「その点は、俺も気になった。わざわざジョージアで保護された犬を日本に運び入れるくらいなら、既に日本にいる保護犬で問題解決はできないのか。きっと、そんな意見も出てくるだろう。

けれど、現状はどうだ？　保護犬の問題も、高齢者が直面している自殺や孤独死の問題も、まるで解決はされていないじゃないか」

「うーん、確かにそうですね」

「そこでだ」駆は、タイトルに「ジョージアを救うプロジェクト」と書き加えた。それから、「ジョージアの犬」「日本人高齢者」「ジョージア」のチャート図を描き込んだ。

「こうすれば、奇跡的にメリットは三者にもたらされることになる。ジョージアは、この先、さらなる観光誘致に乗り出すはずだ。その時、野良犬が観光客を追いかけ回したり、さらには、噛みついたなんて話は必然的に避けたいに違いない。つまり、野良犬を合法的に、人道的に処理しなければならない時期は必ずやってくるということだ」

「なるほど」

「ジョージア人は、ロシアが大嫌いなんだ。二〇〇八年に武力衝突して以来、翌年から、グルジアというロシア語由来の呼称の変更を各国に要請していたが、これまで日本政府は応じていなかった。ようやく二〇一五年、日本は、グルジアをジョージアと呼ぶことを法律で決めたんだ」

「流石、駆さん、詳しいですね」

「この日本政府の対応の遅れは何を示していると思う？　俺は、これまで日本がジョージアという国に関心がなかった事実を如実に表していると感じるんだ。日本のパスポートは、世界で最強なんだぜ。ビザなしで訪問できる国や地域は、世界第一位だ。それにも拘《かかわ》らず、ジョージアに訪れたことがある日本人は少数だと言えるんじゃないか」

「あまり印象がありませんよね」

「でもな、ジョージアは、デジタルノマドを誘致する制度が、かなり整っているんだ。最近では、ヨーロピアンだけでなく、日本人も注目している。特に若い世代……Z世代と言われている二十代のノマドワーカーたちだ。実際、俺が滞在していた時も、多くの若者たちに出会った。その一方で、年配の日本人には滅多に会わなかったよ」

「一般的には、なかなか身近には感じづらいんでしょうね」

「でもな、ジョージアは、年齢を問わずに、旅人たちを魅了できるカルチャーが存在するんだ。余り日本人には知られていないけれど、ワインの発祥は、ジョージアだと言われてたりもするからな」

「へえ、それは知りませんでした」

「また、ジョージアは、モンゴル・イラン・トルコ・ロシアなどの様々な国の占領下に置かれていた背景から、複数の文化が混じりあった独特の食文化が形成されているんだよ」

「そうなんですね。駆さんの話を聞いていると、訪れたくなってきましたよ」

「勿論、それだけじゃない。首都のトビリシは、美術館や博物館をはじめとしたアートシーンも熱いんだ。建築物もユニークなものばかりだし、街中の壁には、至るところにグラフィティアートがあるほどさ。また、第二の都市であるバトゥミは、ビーチリゾートという一面も持っている。夏には、ロシア人の観光客が雪崩れ込んでくるんだ」

「そうなんですね」

「話を戻すと、ジョージアには、日本人が訪れるようになる可能性が無限にあるということさ。幸いにも、ジョージア人は、親日で、皆一様に日本の文化に興味を持っている。相撲や柔道も盛んだし、若い世代は日本のアニメにかなり詳しいんだよ。今後、ジョージアにとっても、様々な意味で、日本人観光客の増加は、間違いなく重要になってくるはずさ」

「つまり、犬たち、日本人、ジョージア。三者にとって、ウィン、ウィン、ウィンの関係性ができるということですね」

「その通りだ。そこで重要になってくるのが、ジョージアの犬のブランディングさ。おそらくは、日本には存在しない犬種もいるはずだ。そんな希少価値のある犬たちを日本に誘致できれば、マスメディアも飛びついてくるに違いない。また、犬たちを輸送するコストをカバーするためには、スポンサーも見つけなければならない。当然、行政も巻き込んでいく必要も出てくるだろう。言ってみれば、二ヶ国を動かさなければならない。将来的には、そんなスケールの大きなプロジェクトになることは確かだ」

「壮大な話になってきましたね」

「ああ。このビック・アイディアを実現させるのは、極めてハードルが高い。でもな、俺たちが実現させたら、確実にジョージアの犬たちは救われるんだ」

「それだけじゃないですよ。日本の高齢者だって、ジョージアの国や人々だって、皆んなが、救われます。駆さんの言うように、ハードルは滅茶苦茶に高いかも知れません。けれども、やる意義は十二分にあると思います」

「真悟、お前なら、そう言ってくれると信じていたよ。何だか、クリエイティブの神様に後押しされている気分がするな」

「間違いないですね。僕もそう感じています。考えてみれば、全てが上手く繋がっているじゃないですか。別の言い方をすれば、最高のストーリーが出来上がっているんです」

「そうだな。出発点は、佐伯さんからのリクエストだったし、俺が旅を続けていたことも功を奏しているし、ジョージアの犬たちとの運命的な出会いが夢の中で蘇ってきたことも数珠繋ぎになっている。何よりも、こうして真悟と再びタッグを組めるチャンスが巡ってくるなんてな」

「駆さん、誰かのために全力で挑戦する。僕は、それこそがクリエイティブの本質だと思うんです。もしかしたら、僕はこれまで、僕のためだけに頑張っていたのかも知れません。だから、途中から、立ち行かなくなってしまった。商売の神様や、学業の神様がいるように、確かにクリエイティブの神様もいるんですね。僕はリストラになって以来、ずっと劣等感を持ちながら仕事をしていました。でも、昨日、駆さんから、雑草の話を聞いた時、目から鱗が落ちたんです。自分自身を肯定する気持ちになれたんです。ありがとうございました」

「真悟、礼を言わなければならないのは、俺の方だよ。俺は、これまで、幾つもの職場で仕事をしてきたけれど、何度も衝突を繰り返してきた。もし、真悟と出会わなければ、今の俺は決していない。相棒やパートナーという言葉だって、どこかで疑ってしまっていたはずさ。改めて俺の人生を振り返ってみると、俺はお前に救われたんだと感じるんだ。どうもありがとう」

「何を言ってるんですか。救われたのは、僕の方ですよ」

駆は、自然と右手を差し出した。真悟は、その手を強く握った。もう二人の間には、何のわだかまりもなくなっていた。会わなかった時間を飛び越して、以前よりも、強い絆が生まれたのだ。

「真悟、こんなフレーズを覚えているか？　人が無理だと言うことを、想いの力で成し遂げる」

「よく覚えていますよ。駆さんが、事あるごとに口にしていましたから。確か、夢でそのフレーズに出会ったんですよね。ジョン・レノンでしたっけ？」

「そうだ。ちゃんと覚えていてくれたんだな。真悟と「ピースフル・ヒロシマ」のＴＶＣＭを制作していた頃だよ。ジョンが、夢の中に登場してきて、俺にそう告げたんだ。その瞬間、鳥肌が立ったよ。目覚めた後も、鳥肌はおさまらなかった。そして、俺はそのフレーズをメモに書き殴ったんだ」

「その経緯も覚えていますよ」

「あれ以来、俺の中で、一番、大切なフレーズになっている。今回のプロジェクトにおいては、相当の覚悟が求められる。だから、常にこのフレーズを心に抱いて欲しいんだ」

「了解です」

「人が無理だと言うことを、想いの力で成し遂げる」

「人が無理だと言うことを、想いの力で成し遂げる」

駆と真悟は、その日以降、ビッグ・アイディアの実現に向けて、全力で走りはじめたのだった。

18

駆は、真悟と何度もディスカッションを繰り返して、企画の骨子を固めていった。そして、日本語と英語の二ヶ国語で、企画書を完成させた。駆は、まず、佐伯に意見を求めることにした。企画書をメールで送信した後、時間を置いて、佐伯へ電話をかけた。

「土岐、とんでもなくでっかいアイディアを思いついたな。この企画が実現したら、いろんな笑顔が生まれてくるだろうよ。犬は笑わないけど、時々、オイラには笑っているように見えるんだ。こいつは、オイラの冥土の土産に相応しい。本当に嬉しいよ」

「ありがとうございます」

「土岐の企画書を熟読させてもらって、オイラも、アイディアを考えてみた」

「是非、聞かせてください」

「このプロジェクトの肝は、犬と高齢者のマッチングだと思うんだ。言い換えれば、相性さ。不思議だけれど、人の好みは千差万別だろ。昨日まで一人で暮らしていたのに、突然、環境が変われば、誰もが多かれ少なかれ戸惑ってしまうんじゃないかな。高齢者にとってみれば、犬は、残りの人生を一緒に過ごす伴侶となる訳だろ。それならば、時間をかけて選ばせてあげたいなと思ったんだ」

「確かに、そうですね」

「犬たちを輸送する手段は、航空機より、船がいいだろうね。その方が、犬たちにストレスを与えないからさ」

「そこは、俺も迷っているんです。圧倒的に航空機が速いですから。船だと二週間から一ヶ月ほどかかってしまうんですよ」

「いいじゃないか。むしろ、それくらいの時間が必要なんじゃないかな。自分にぴったりの犬を選んだり、心の準備をするには」

「どういうことですか？」

「うん。オイラは、大型客船の中で、高齢者たちと犬たちをご対面させることを考えたんだ。ジョージアから日本までには、幾つもの港があるだろ？」

「はい。調べたメモがあるんで、ちょっと待ってください。えーと、航路としては、黒海から、地中海を横断して、スエズ運河を通過する。そこからは紅海を経て、インド洋を横断しながら、日本へと到着する。このルートが一般的なようです」

「高齢者たちには、どこかの港から乗船してもらって、犬たちと一緒に過ごしてもらうんだ。じっくりと気が済むまで犬を選ぶ時間を設ける訳さ。そして、またどこかの港に着いたら下船してもらう。犬たちは、入国時に検疫などもあるだろうから、タイムラグが生じる。その間に、高齢者たちには、船上で犬とのリアルに過ごした体験から、今後の準備をしてもらえばいい」

「なるほど」

「昔から、犬は三日飼えば、三年恩を忘れぬ、というだろ。一緒に時間を過ごせば、当然、犬は懐いてくるだろうし、高齢者にしてみたって愛情が湧いてくるはずだ。時間がかかるなら、それを逆手にとって、有効活用するのはどうかなって、オイラは考えたんだよ」

「その通りですね。一つ、前に進んだ気がしますよ」

「あとさ、輸送するのが、数匹程度ならいいんだけれど、数十匹という規模になるなら、ある程度大きなシェルターも必要になってくるよな」

「そうなんです。ジョージアの野良犬たちは、ほぼ予防接種を受けているんですが、中には、予防接種を済ませていない犬もいます。そういった犬を保護して、面倒を見てやらなければならない。そういった意味でも、大型シェルターは必要になってきます」

「どこかあてはあるのかい？」

「ええ。これまで様々な角度から検討してきたんですが、もし、船で輸送するなら、当然、港の近くになります。そうなると、首都のトビリシよりも、黒海沿いのバトゥミという街に軍配が上がるんです。俺は、その街に、一ヶ月ほど滞在していたんですが、海沿いを散歩していた時に、『マグノリア』という奇妙な建築物を見つけたんですよ」

「一体、何が奇妙だったんだい？」

「とてつもなく巨大な建築物なのですが、かなり老朽化していて。初めは、廃墟か牢獄のような印象を持ちました。敷地内に入ると、これまた、巨大な中庭があって、朽ちてしまった少女の銅像が、建物に沿って何十体もディスプレイされているんですよ。地元の人の話によると、バトゥミの歴史の中で、初の高層コンクリート建築物とのことでした。けれども、過去の歴代オーナーたちが、色々と問題を起こして、結局、放置されてしまったらしいんです。最後のオーナーは、刑務所にいるみたいなんです」

「何だか、曰くつきの建築物なんだな」

「ええ。人によっては、あそこには近づきたくないと。不法移民や犯罪者や麻薬常習者たちの巣窟だという噂もあるんですよ。それでも、どういう訳か、一部の部屋はリノベーションされて住民もいるんです。ある日、たまたま通りがかった人と仲良くなって、部屋を見学させてもらえることになったんですよ。彼らに案内されて、建物の中に一歩入ると、まるでオカルトの世界なんです。とてつもなく長い廊下に整然と並んでいる部屋の扉を目にした瞬間、スタンリー・キューブリック監督の映画『シャイニング』を思い起こさせました。限りなく不気味でしたね」

「話を聞いているだけで、ゾクゾクするな」

「俺を部屋に案内してくれたのは、タジキスタン人の男性とフランス人の女性の夫婦でした。二人の間には、小学生の息子もいて、『マグノリア』には、もう十年以上も住んでいるというんです。目の前が黒海なので、眺めはとても良いのですが。数年内に、政府によって、建築物が解体される話が持ち上がっているとのことでした」

「土岐は、もしかして、その場所を狙っているのかい？」

「ええ。最初は、不気味以外の何ものでもなかったんですが、慣れてくると、不思議なことに美しく見えてきたんですよね。何よりも、敷地面積が半端なく広いんですよ。あそこなら、例え、百匹の犬だって余裕で保護できるシェルターになるはずです」

「そりゃ、好都合だな」

「そうなんです。社会貢献のためのプロジェクトという名目で政府と交渉できれば、建築物を解体などしなくても済みますから」

「確かに、お前の言う通りかもしれないな」

「さっき、佐伯さんから、大型客船の話を聞いた瞬間、俺、似たようなことを考えていたのに気づきました。船ではなく、ホテルだったんですが」

「どういうことだい？」

「その『マグノリア』という建築物全体をリノベーションして、観光客を呼べるようなホテルにできないかと考えたんです。犬たちのシェルターも兼ねた大規模なホテルをリニューアルオープンさせる。滞在しながら、犬たちと触れ合う機会を生み出すんです。社会貢献という側面を持ったホテルであれば、ジョージアという国全体にもメリットがもたらされる。間違いなく、世界中から注目が集まってくるはずですから。そうなれば、当然、日本の高齢者たちも誘致しやすくなりますよね」

「土岐、そのアイディアも悪くないと思うよ。でも、話が大きくなり過ぎてはいないか」

佐伯の言葉の中に、駆は微妙なニュアンスを感じ取った。大前提として、佐伯には時間が残されていないのだ。アイディアを着地させるためには、一度、現実的なラインに戻ってこなければならないのだと感じた。

「佐伯さん、申し訳ないです。確かに、話が膨らみ過ぎましたよね。全てを実現するとなると、途方もない時間がかかってしまう。勿論、時間だけじゃなく、尋常じゃない労力も要するはずです。当然、関係者が増えれば増えるほど、議論も増えてくるでしょうから」

「うん。オイラも同感だよ」

駆は、頭をフル回転させて、アイディアを修正した。

「最初は、一匹の犬からスタートしてみるのが妥当ですね。既成事実をつくれば、味方になってくれる人や、協力してくれる人も現れるはずですから」

「そうだね。段階を経れば、いろんな人を巻き込んでいける気がするよ」

「そうですね。こうなったら、Cannes Lionsを、このプロジェクトを世界中に告知できる媒体だと位置づけましょう。世界最大、且つ、世界最高の媒体だと捉えるんです」

「大胆な発想だな。いや、逆転の発想かもしれないな。とてもいいじゃないか」

「ありがとうございます。でも、そのためには、必ず受賞を果たさなければなりません」

「その通りだな」

「佐伯さん、この企画の骨子は固まっているんです。何度も真悟とディスカッションを繰り返して、辿り着いたクリエイティブ・アイディアですから。勿論、予算と時期に応じて、できることとできないことは、取捨選択をしていかなければなりません。最初は小さなアクションかも知れません。けれど、ゆくゆくは、大きなムーブメントになる予感がするんです。クリエイティブの神様が『チャンスだ』と囁くのが、俺にははっきりと聞こえます」

「よし、分かった。土岐がそこまで言うのなら、オイラも一肌脱ぐよ。何社かのクライアントには、既に、Cannes Lions の話はしてあるんだ。けれども、この企画は、どのクライアントの商品やサービスにも当てはまらないようだから、それを逆手に取って、協賛金という形でお願いしてみるよ」

「そんな無茶なお願いでも、通るんですか?」

「まあな。今現在、オイラは、どこのクライアントだって、社長と直で繋がっているからよ。それに Cannes Lions にエントリーするんだって、授賞式に出席するんだって、費用はかかるだろ。まあ、余計な金の心配はするなよ。オイラが何とかするからよ。だから、ヒットを飛ばすんじゃなくて、ここは、一発ホームランを狙っていこうぜ」

「勿論です。狙うのは、場外に消える特大ホームランだけですよ」

「ハハハ、そいつはいいや」

佐伯の満足気な声を耳にして、駆は通話を終えた。そして、傍で待機していた真悟に向かって真顔で告げた。

「もう、なりふり構っていられないぞ」

「どうしたんですか?」

「ああ。佐伯さんは、仕事上の取引に関しては、人一倍、慎重なんだ。あの人らしくないことを言ったから、妙に気になるんだよ。もしかしたら、佐伯さんの命は、カウントダウンに入っているのかも知れない」

駆の予感は、外れていなかった。佐伯は、その晩に具合が悪くなって、救急車で病院に担ぎ込まれてしまったのだ。


翌日の昼過ぎ、駆は意外な人物から、電話連絡を受けた。

連絡をしてきたのは、佐伯の会社に所属している近藤だった。

「土岐さん、ご無沙汰しております」近藤は切羽詰まった声で続けた。「突然、すみません」

「どうしたんだい？」

「実は、社長が、昨夜、緊急入院しました。そのことを土岐さんにお伝えした方がいいと判断しまして、ご連絡させていただきました」

「近藤くん、連絡をくれてありがとう。入院先はどこなんだい？」

「それは、社長から固く口止めされていまして。あくまでも、土岐さんには、犬のプロジェクトに集中してもらいたい。それが、社長の強い意向なんです」

「分かりました。本当は、そんな風には言いたくないんだけれどね。佐伯さんは、一度、言い出したら、梃子でも動かないからな」

「土岐さんの仰る通りです。僕も、何度も説得したのですが、駄目でした。最後には、怒鳴られてしまって。これ以上、話をしても埒が明かないと感じたんです。怒らせることで負担もかけさせたくありませんですし。土岐さんに、お知らせすることだけは、何とか許可してもらいました」

「いろいろ気を遣わせてしまって、悪かったね」

「とんでもないです」近藤は恐縮しがちに続けた。「土岐さん、少しいいですか？」

「うん。構わないよ」

「社長から、プロジェクトの話を聞いて、とても共感しました。実は、僕の実家で、犬を飼っていたのですが、残念なことに、先月、老衰死してしまったんです。十年前に父に先立たれた母にとって、その犬の存在は生きがいそのものでした。犬を亡くして以来、母の悲しみは続いています」

「ペットロスだね？」

「はい。体調も悪くなって、日常生活にも支障をきたしているんです。僕には姉がいるんですが、結婚していて子供もいます。姉は忙しい中、母を心配する余り、毎週末、実家に泊まりがけで来るんです」

「それは大変だね」

「先週末、姉に新しく犬を迎え入れることを提案しました。すぐに姉も、その方がいいと同意してくれました。それほどに、母の悲しみは深いんです。そんな中、今朝方、社長より犬のプロジェクトの詳細を聞いたという訳なんです。土岐さん、ジョージアの犬の第一号は、是非、僕の実家で迎え入れたいと考えていますが、いかがですか？」

「近藤くん、本当かい？」

「ええ。微力ながら、僕もプロジェクトに協力させてください。社長には、随分と世話になっていますし、それに、亡くなった犬も保護犬だったんです。幸いにも、実家は、父の残してくれた財産があります。また、千葉の田舎なので、犬にとって環境は申し分ないと思います」

駆は、近藤の切実なる願いを受け止めることにした。

「近藤くん、どうもありがとう。君の申し出を断る理由は、どこにもない。是非、よろしく頼みます」

「土岐さん、こちらこそ、ありがとうございます。早速、母と姉に話してみます。とても嬉しいです。母の喜ぶ顔が浮かびますよ」

「佐伯さんにも、諸々、よろしく伝えてください」

「かしこまりました」

午後一時から、駆は、真悟と打ち合わせの約束をしていたが、まだ三十分ほどあった。駆は、打ち合わせまでの時間を使って、ジョージア行きの航空チケットをチェックした。こうなったら、再び、現地に飛ぶしかない。真悟に伝えたように、出来るだけの手は尽くすんだ。

佐伯の緊急入院は、駆にアクションを促したのだった。

午後一時ぴったりに、玄関のベルが鳴った。真悟だった。二人で膝をつき合わせると、駆は開口一番に告げた。

「真悟、俺、来週からジョージアに行くことにするよ」

唖然とする真悟に対して、駆は、それに至るまでの経緯を説明した。

「駆さん、僕も連れていってください」

「いや、真悟には日本に残っていてもらいたい。俺と連携を取りながら、日本でしかできないことを担当して欲しいんだ。勿論、佐伯さんの経過観察の報告も含めて頼みたい。近藤くんと協力をしながら、逐一、知らせてもらえると、ありがたい」

駆の理路整然とした言葉に真悟は「分かりました」と頷くしか術はなかった。

真悟からの了承を得た直後、駆は、早速、成田発のイスタンブール経由バトゥミ行きの航空券を予約した。それから、駆と真悟は、ジョージアから日本への犬の輸出手続きと輸入手続き、及び、輸送方法などを徹底的にリサーチしていった。さらには、バトゥミのことも隈なく調べ上げていった。

その結果、バトゥミは、ジョージアの一部ながら、正式にはアジャリア自治共和国に属しており、尚、その首都であることが判明した。狂犬病予防接種に関する情報や手続きについては、地元の動物保険管理局に相談することが通例とされているが、インターネットで検索しても出てこない。どうやら、バトゥミ市かアジャリア共和国のドアを直接叩かなければならないことが分かってきた。

気がつくと、時計の針は、午後十時を指していた。

「真悟、やっぱり、現地に飛ばないと分からないことだらけだな」

「そうですね。インターネットで得られる情報は限界があります」

「その通りだ。特にジョージアに関しての情報は、まだまだ、日本には届いていない。一昨年、俺が訪れた時から、状況はほとんど変わってないよ。こう言っちゃなんだが、未開の国なんだよな」

「でもですよ。そんな国だからこそ、今回のプロジェクトのアイディアへと繋がったんじゃないですかね。Cannes Lions に参加してはいても、トビリシやバトゥミの野良犬のことを知り得ているクリエイターなんて、世界中を探してもほぼいないんじゃないですかね」

「確かに、それも一理あるな。それに Cannes Lions でジョージア人のクリエイターになんて、お目にかかったこともないし、聞いたことすらないもんな。それだけでなく、ジョージアという国には、未だにグローバルな広告会社は一つも進出はしていないようだしな」

「だって、国が北海道よりひと回り小さいんですよね。全ての情報が、インターネットに網羅されているとは、考えにくいですよ」

「ところで、北海道の人だけしか知らないローカル情報って、沢山あるのか？」

「そんなの山ほどありますよ」

「だったら、現地に足を運んで調べるしかないよな」

「結局、それが一番、速いでしょうね」

19

翌週の月曜日、駆は、予定通り成田空港にいた。

午前便なので、早朝に自宅を出発した。成田エクスプレスの中では、時折、大きな欠伸が出た。少し眠かった。結局、昨晩遅くまで、駆は真悟とプロジェクトの段取りに関して論じ合っていたからだ。同時に、二人は出来る限りの準備を固めていった。

駆は高齢者に向けて　犬との生活を呼びかけるためのタグラインを開発した。

「二人より、一人＋一匹。」

企業やブランドのアイデンティティを短く、印象的に伝えるメッセージは、タグラインと呼ばれる。アップルであれば「Think Different.」であり、ナイキであれば「Just do it」だ。今回、駆は、プロジェクト全体を串刺しにするコピーを「二人より、一人＋一匹。」としたのだ。このタグラインに辿り着くために、駆は「未来の自分」の心情を明確にイメージした。そして、駆自身が実感できるメッセージに仕上げたのだった。

真悟は、タグラインに基づきながら、ロゴマークをデザインした。高齢者と犬――。その組み合わせは、単純だけれども、単純な分だけ、様々なことを考えなければならなかった。様々なラフから二人が最終的に選んだのは、高齢者と犬が向かい合って、ハイタッチを交わしているシルエットだった。そこには、「お手」や「おかわり」といった主従関係ではなく、残りの人生を共に送るパートナーであるという意味合いが多分に含まれていた。

遂に、タグラインとロゴマークが、生まれたのだ。小さな一歩かも知れなかったが、将来的には、プロジェクトを推進する大きな力になっていく可能性を秘めていた。駆は、企画書のラストページにタグラインとロゴマークを追加した。

搭乗ゲートに入っていくと、旅の高揚感に加えて、使命感も胸に込み上げてきた。普段は「旅人」に過ぎないが、今回は、「使者」として、重大な使命を果たさなければならないのだ。いつの間にか、駆は、精悍な顔つきに変わっていた。Cannes Lionsを受賞するためには、エントリーをしなければ何もはじまらない。残り時間のことを考えると、絶対に失敗は許されないのだ。駆は、現地に到着してからの段取りを、頭の中で、繰り返してシュミレーションしていった。

まずは、バトゥミ市役所を訪れる予定を組んでいた。しかしながら、調べる限り、市役所は三ヶ所に散らばっていた。日本国内のジョージア大使館に問い合わせても、曖昧な返答しか得られなかった。

頼みの綱は、以前、訪れたことのある小型シェルターだった。交通事故で片目を失くした犬に出会った場所だ。その施設は、街を散策している時、思いがけずに目に飛び込んできた。そして、何かに導かれるように、駆は、扉を開けたのだ。振り返れば、あの瞬間から全てが繋がっているのである。

（あれは、決して偶然なんかじゃなかった）

駆は、改めて、「運命」という言葉を胸に刻んだのだった。

やがて、搭乗のコールがかかった。駆は意を決して、航空機の中へと入っていった。

イスタンブールを経由して、バトゥミの空港に到着したのは、午後八時だった。タクシーアプリの Yandex を使う手順は、記憶に残っていた。iPhone の画面で、予約したホテルを入力すればいい。タクシーは、間もなくして現れた。駆は、早速、乗り込んだ。

空港から、海沿いの道を通って、街中へと向かっていく。見覚えのある景色を目にすると、まるで里帰りをしているような気持ちが湧き上がってきた。きっと、犬たちと過ごした日々が、そうさせるのだろう。心の中には、いろんな犬の顔が浮かんでくる。

（あいつらに一刻も早く再会したいな。皆、元気に暮らしているだろうか）

駆の口元は緩みっぱなしだった。

ホテルにチェックインすると、一気に疲労が襲ってきた。駆は、汗と疲れを洗い流すために、熱いシャワーを浴びた。ホテルは、黒海沿いに位置しているのだが、既に暗くて何も見えなかった。その代わりに、幾つかの建物が、派手なネオンを照らしていた。駆は、ネオンに誘われて、夕食を摂りに外出した。

街中は、丸みが特徴であるジョージアの文字で溢れていた。初めて目にした時には、ミミズの絵にしか見えなかった。キリル文字以上に、訳が分からないのだ。しかしながら、再び、ジョージアの文字を目にした今では、ノスタルジックな気分に浸ることができた。

知らず知らずのうちに、駆の足は、ジョージアの郷土料理が評判のレストランへと向かっていた。以前、何度も通ったことのある店だった。流木のような素材でこしらえられた店構えは、少しも変わっていなかった。駆は、薄暗い店の中へと入っていった。

重厚感のある木製のテーブル、そして、手造り感に溢れた木製の椅子。店内は相変わらずローカル客たちで賑わっていた。何もかもがそのままだった。駆は、座席に案内されると、早速、生ビールを注文した。

ビールを一口飲むと、長いフライトによる疲労感が吹き飛んでいった。

駆は、急に空腹感を感じて、メニューを開いた。このレストランのメニュー表記は、ジョージア語、英語、ロシア語と三ヶ国だ。一通りメニューに目を通した後で、駆はウェイターを呼んだ。既に、注文する料理は心に決めていた。

駆は、メニューを見ることなく、「オジャフリ（ジョージア風ジャーマンポテト）」と「オーストリ（ジョージア風ビーフシチュー）」、そして、バトゥミ名物である「アチャルリ・ハチャプリ（卵とチーズ入りのパン）」を注文した。どの料理も、駆の大のお気に入りだった。ついでに、生ビールのお代わりをすることも忘れなかった。ジョッキに残ったビールを一気に流し込むと、身体の奥に染み込んでいくのが分かった。

追加の生ビールが到着した後で、料理は順々に運ばれてきた。一様に湯気を立てて、それだけでも食欲がそそられる。駆は、息つく暇もなく、料理をかき込んでいった。日本でもお馴染みのジャガイモや牛肉なのに、どこまでも味わい深い。それは、様々なスパイスによるものなのか、味つけにコツがあるのか、駆は知るよしもない。けれども、ジョージアの料理は、素材の味が絶妙に活かされているのだ。ジョージアでは、マクドナルドのハンバーガーでさえ、特別に美味しく感じられる。

駆は、二杯目の生ビールを飲み干した後、赤ワインをデキャンタで頼むことにした。今夜は、もう眠るだけだ。駆はそう呟くと、心置きなく赤ワインを飲んでいった。勢いづいて注文をしたので、ハチャプリが半分ほど残ってしまった。駆は、ウェイターに声をかけて、持ち帰り用に発泡スチロール製のドギーバッグをもらった。明日の朝、海沿いの散歩道「バトゥミ・ブールバード」で、犬たちにやるためだ。駆は、会計を済ますと、軽い足取りでホテルまで戻った。部屋に到着すると、ベッドに飛び込んだ。目を閉じた瞬間、深い眠りへと落ちていったのだった。

翌朝、駆は、六時に目が覚めた。

よほどぐっすりと寝ていたのだろう。夢のない眠りにつけた。おかげで、意識はシャキッとしている。駆は、ベッドから飛び起きると、バルコニーへと出た。昨晩は、闇に包まれていた黒海が、深いブルーの姿を現していた。穏やかな水面は朝陽を浴びてキラキラと輝いている。沖には、何艘もの船が気持ちよさそうに浮かんでいた。

暫くの間、景色に見入っていると、空に飛行機雲がかかりはじめた。青空に描かれていく飛行機雲は、白いチョークのように鮮やかだった。駆は、ベッド脇のサイドラックの上に置いていたiPhoneを取りに戻ると、再び、ベランダに出て、動画を撮影しはじめた。その直後、一羽のカモメがフレームインしてきた。駆は、クリエイティブの神様に、ちょっとした悪戯をされているような気になった。駆の表情は、ゆっくりとほころんでいった。

奇跡的に美しく演出された風景を目にしていると、いい予感がした。駆は、思い切り伸びをしてから、ゆっくりと深呼吸をしたのだった。

少し肌寒くなってきたので、再び、熱いシャワーを浴びた。歯を磨いて、身支度を整えると、駆は、食べ残したハチャプリを手にして、朝の散歩に出かけた。

「バトゥミ・ブールバード」までは、目と鼻の先だった。意気揚々と歩いていると、すぐに三匹の犬たちが、駆け寄ってきた。駆はどの犬にも見覚えがあった。「ホワイト」と「スウィート」と「ハート」だった。一昨年、駆に懐いた犬たちに見間違いはなかった。

犬たちも、駆のことをしっかりと覚えていた。千切れるほどに尻尾を振ったり、クウーンと甘えた鳴き声を出したり、無条件に腹を見せたりした。身体全体を使って、「お帰りなさい！」と伝えてくるのだ。そんな姿を表現するのは「愛しい」という言葉以外には、見つからなかった。

駆は顔をくしゃくしゃにして、一匹ずつに「ただいま！」と言葉をかけた。挨拶が済むと、駆は、持参したハチャプリを細かく千切ながら、三匹に食べさせていった。

犬たちは、食べ終わっても、駆から少しも離れようとしなかった。お互いに競い合うように、身体を駆に擦り寄せてくるのだ。あの時と少しも変わっていない。犬たちの元気な姿を目の当たりにして、駆は、胸が一杯になっていた。

いつまでも、こうして犬たちと触れ合っていたかった。だが、生憎、そういう訳にもいかなかった。駆は、後ろ髪を引かれながらも、ホテルへ戻る決心をした。

「これから大事な用事があるんだ。また、明日の朝にでも遊ぼうな」

そう語りかけると、犬たちは、寂しがりながらも承知した表情を見せた。駆の言葉を、百パーセント理解しているかのように。

「いってらっしゃい！」

「頑張ってね！」

「グッドラック！」

駆には、そんな犬たちの声が伝わってきた。三匹の犬たちは、その場から動かずに、駆のことを静かに見送ってくれたのだった。

部屋に帰ってくると、駆は、スーツケースからフランネルのジャケットを取り出した。イタリアで手に入れたネイビーブルーの一着だった。バトゥミ市役所を訪ねることを想定して、綺麗目な格好をした方がいいだろうと踏んで持参したのだ。駆は、素早く着替えると、コンシェルジュに寄って、バトゥミ市長の居場所について尋ねてみた。

コンシェルジュは市役所のホームページを丹念にチェックしたが、市長の居場所については見当がつかないとのことだった。駆は、「ここから先は自分自身で動くしかない」と悟った。三ヶ所に散らばる市役所を、片っ端から訪問すれば、何かしらの手掛かりは掴めるだろう。コンシェルジュとの会話をヒントにして、駆は、最も可能性が高い場所を思い定めた。そこへの経路をコンシェルジュから聞き出すやいなや、ホテルを後にした。

バトゥミ市内には、鉄道はない。従って、主に移動は公共のバスとなる。

駆は、ホテルから最寄りのバス停まで歩いた。タイミングのいいことに、バスはすぐにやって来た。駆はバスに乗り込むと、念の為、中年のドライバーに行き先を尋ねた。しかし、中年のドライバーは英語を理解できなかった。止むを得ずに、駆は、乗車客の中から、近くにいた若者に声をかけて尋ねてみた。一般的に、どこの国でも、英語は若者の方が通じるからだ。案の定、その若者は「大丈夫だ。五つ目のバス停だよ」と答えてくれた。

バトゥミの街中は、碁盤目状になっているので、比較的分かりやすいが、バス停間は長い距離で隔たれている。日本に比べれば、三〜四倍ほどの距離があるのだ。前回、滞在していた時に、駆は、バス停を降り間違えたことがあった。その結果、土砂降りの中を長距離歩く羽目になってしまった。そんな苦い経験から、慎重を期して、バスに乗るように心がけるようになったのだ。目的地が近づいてくると、若者は親切にも「次のバス停だよ」と教えてくれた。駆は、礼を述べて、下車したのだった。

ところが、降りたバス停付近には、市役所らしき建物はどこにも見当たらなかった。厄介なことに標識はジョージア語のみで、英語表記は一切ない。通りすがる何人かに声をかけてみたのだが、英語を理解できる人は、なかなか見つからなかった。仕方なく歩き出すと、道すがらに小さな雑貨店が見えてきた。駆は祈るような気持ちで、その雑貨店に飛び込んでいった。

「市役所？　ああ、あの建物だよ」

幸いにも、雑貨店の若主人は、英語が堪能だった。雑貨店の若主人は、店先に出てくると、斜め前方の建物を指差した。どうやら、駆は、知らず知らずのうちに通り過ぎてしまったようだ。

それは無理もなかった。何故なら、その建物は、全く市役所に見えなかったのだ。どう転んでも、近隣に並ぶ低層アパートと同じ外観だった。駆は、一瞬、狐につままれたような気分になった。駆は、雑貨店の若主人に礼を述べて、市役所へと歩いていった。

エントランスの扉を開けると、太り気味のセキュリティが立っていた。傍には、空港の荷物検査と同じような金属探知機のゲートが設けられていた。駆は、太り気味のセキュリティに向かって「市長と面会したい」と堂々と申し出た。内心では、どこの馬の骨か分らない者は、門前払いかなと思いながらも。

しかしながら、太り気味のセキュリティは、「ちょっと待っていてくれ」と告げてから、内線をかけはじめた。少しの間、電話口でやり取りをすると受話器を置いた。それから、メモ用紙にペンを走らせて、「本日は、別の市役所にいるようだよ。これが、その住所さ」と駆に手渡してくれた。余りのあっけなさに、駆は驚きを隠せなかった。

勿論、日本では、こんなことはあり得ない。東京都知事はおろか、中野区長にも、八王子市長にも自由勝手に面会などできないし、アポ無しでは、案内さえしてもらえないだろう。いい意味で、ジョージアは昭和なのだ。この国には、日本が失ってしまったものが残っている。未だに、「良心」や「親切心」や「義理人情」が根強く残存しているのだ。

そういえば、と駆はあることを思い出した。

それは、トビリシで初日の夜に、街の小さなスーパーでビールを購入しようとした時だった。棚に表示された値段と、バーコードでスキャンされた値段は、明らかに異なっていた。駆は、思わずレジ担当の若い女性店員に文句を言った。ところが、驚いたことに、若い女性店員は、文句を言い返してきたのだった。

「私の知ったことではない」

「バーコードに問題があるのだから、棚のところで値段を確認してきてよ」

「それは、私の仕事じゃない」

「いや、スーパーで働いてる以上は、君の仕事だ」

押し問答は、二分ほど続いた。その時、駆の後に並んでいた、年配の男性が割って入ってきた。年配の男性は、若い女性店員に、ジョージア語で何かを伝えた。そして、駆にビールを手渡すと、はにかみながら頷いた。どうやら、「ここの支払いは、任せろ」ということらしかった。その証拠に、自身の買い物のついでに、駆の分まで支払ってくれたのだ。

年配の男性は、駆が礼を言う前に早々と立ち去ってしまった。その去り際は、昭和の映画スターを彷彿させた。まるで、高倉健のようだった。駆は、それ以来、ジョージアは昭和なのだ、という認識を強く抱くようになったのだった――

太り気味のセキュリティは、親切心から「ここからなら、タクシーの方がいいよ。バスだと乗り換えが必要だからさ」とも付け加えてくれた。そのアドバイスに従って、駆はYandexでタクシーを呼んだ。到着時間まで「十分」と表示された。そのことを駆が伝えると、太り気味のセキュリティは、ペットボトルの水まで手渡してくれたのだった。

タクシーが到着すると、太り気味のセキュリティは、持ち場を離れて駆についてきた。そして、タクシードライバーに、行き先を口頭で伝えてくれたのだ。駆は、余りに嬉しくなって、乗車する直前に、太り気味のセキュリティと固い握手を交わしたのだった。

そのタクシーのドライバーは、裏道や抜け道に精通していた。朝のラッシュアワーで混み合う大通りを巧みに交わして、駆をスムーズに目的地へと送り届けてくれた。しかしながら、市役所の敷地には、複数の建物があって、駆はぐるぐると迷ってしまった。ようやく、適正なレセプションに辿り着いた時には、ホテルを出発してから、既に二時間が過ぎていた。駆は何かに試されている気がした。しかし、ここまで来たら、後には引けない。

レセプションの女性に、「市長と面会がしたい」と臆することなく告げたのだった。レセプションの女性は、面会理由を聞いてきた。駆は、「ジョージアの野良犬たちに関して、提案があるのです」と手短に返答した。レセプションの女性は、頷くとすぐに内線をかけてくれた。通話を終えると、駆に、待合ソファーで待機するように告げた。誰かが、話を聞いてくれるようだ。

（このまま押せば、何とかなるかもしれない）

駆は、神妙な面持ちで腰掛けると、運命に身を委ねることにした。五分ほど待合ソファーに坐っていると、タイトなスーツに身を包んだ女性が姿を現した。

「市長に提案があるというのは、あなたかしら？」

「はい。そうです。ジョージアの野良犬に関して、企画書を用意してきました」

「そうですか。では、私の部屋で、お話を伺いましょう」

女性はそう言って手招きの仕草をした。駆は、女性に連れられて、個室へと案内された。

個室の内側は、建物同様に古さを感じさせたが、至って、綺麗に整理されていた。駆は、女性の机の向かい側に用意された椅子に坐った。

「ところで、あなたは市長なんですか?」

駆がそう尋ねると、女性は白い歯を見せた。駆は、(誰かに似ているな)と心の中で呟いた。女性がオードリー・ヘップバーンにそっくりだと気づくのに時間は要さなかった。

「私は、副市長の秘書をしているサロメと申します」

「そうだったんですね。すみません。何も知らなくて」駆は名刺を取り出しながら自己紹介をした。「初めまして。カケル・トキと申します。日本からやって来ました」

「あら。あなた日本人なのね。日本って、素敵なところよね。三年前、新婚旅行で、東京と京都に訪れたことがあるの」

「自分の出身は、東京なんです」

「大都会じゃない。バトゥミなんて、田舎に感じるでしょ?」

「そんなことないですよ。自分が住んでいるのは、住宅街ですから。そこから海に行くのには、車でも一時間はかかるんです。バトゥミは、海沿いじゃないですか。自分はトビリシよりも、バトゥミを気に入っています」

「そうですか」サロメは笑顔をつくった。「さて。では、早速ですが、企画書を見せていただけますか?」

「了解です」

駆は、書類ケースから、持参した企画書を取り出して、サロメに手渡した。

「ありがとう」サロメはそう言うなり、企画書に目を落とした。きびきびとした行動は、流石に副市長の秘書というだけはある。サロメは、瞬く間に、企画書を読み終えた。

「いい提案だと感じるわ。質問させてもらいたいことがあるんだけど、いいかしら?」

「勿論です」

「どうして、ジョージアの野良犬に対して、関心を持ったのかしら?」

サロメの質問は、核心に触れたものだった。駆は、敢えて企画書に盛り込まなかった部分まで、ありのままに説明した。片目の犬や、片足の犬の静止画をMacBook Airで、サロメの目に触れさせながら、不憫な犬たちに巡り合った時に感じた心情を告げたのだ。駆は、自分の言葉に精一杯の気持ちを込めた。時折、感情が込み上げてきて、声を詰まらせてしまった。それでも、「犬たちを救いたい」という想いを全力でぶつけたのだった。

サロメは、真剣な顔つきで話を聞いていたが、やがて、その表情は、とても柔らかいものになっていった。駆の頬に溢れる涙につられて、彼女も、また少し涙ぐんでいるようだった。

個室の扉が開いたのは、その時だった。顔を出したのは、長身でスタイルのいい男性だった。サロメは、立ち上がって会釈をした。そして、二言三言、長身でスタイルのいい男性と会話を交わした。ジョージア語なので、駆ははっきりとは分からなかったが、どうやら、自分のことを説明しているらしい。サロメは、長身でスタイルのいい男性に企画書を手渡してから、駆に向かって黙って頷いた。目の前にいるのは、紛れもなくバトゥミの副市長だった。駆は、思わず慌てて立ち上がった。すると、副市長は右手を差し出してきた。

「初めまして、ゲラです。バトゥミ市の副市長をしています」

駆は、その右手をしっかりと握った。

「初めまして。カケル・トキと申します。日本からやって来ました」

「ようこそ、バトゥミへ。大体のことは、今、秘書から伺いました。ご存知かもしれませんが、残念ながら、野良犬は、ジョージア国内では深刻な問題となっています。特にトビリシやバトゥミなどの都市部では、年々、その数が著しい増加傾向にあるんです。ワクチン接種や避妊手術など、政府は様々な取り組みを行なっていますが、まだ多くの課題が残されている。それが現状です」

「何故、そんなに野良犬が多いのですか？」

「そうですね。飼い主の放棄、過剰な繁殖、適切な管理の欠如などが挙げられます」

ゲラ副市長は、嘘偽りなく答えてくれた。駆は、ゲラ副市長の物腰の柔らかさと穏やかな表情から、誠実さを感じ取りはじめていた。突然の訪問にも関わらず、ゲラ副市長も秘書であるサロメも、嫌な顔一つせずに丁寧に対応してくれている。駆は、素晴らしい出会いに心から感謝した。

「トキさん、君は犬が好きなんだね？」

「はい、大好きです。昔の話になりますが、自宅にチワワがいたんです。一人っ子の自分にとっては、兄弟のような存在でした。けれど、自分が六歳の頃、老衰で亡くなってしまったんです。最後は、父と母と僕で看取りました。その時のことは、今でも、はっきり覚えています」

「そうですか」

「父はうなだれて、母は泣いていました。二度と悲しい思いはしたくない。両親はそう言って、それ以来、犬を一度も飼うことをしませんでした」

「なるほど」

「母は、犬は話せないだけで、人の言うことを全部理解していると、僕に教えてくれました。自分は、何度も、その言葉を聞いてきたので、次第にそうなんだと思うようになりました」

「私も、同意見だね」ゲラ副市長は、表情を崩しながら言った。「トキさん、今回で、ジョージアに訪れるのは、二度目なのかな?」

「はい。そうです」

「もしかしたら、この企画書を提出するためだけにやって来たのかな?」

「その通りです。サロメさんにも伝えたのですが、犬たちを救いたいんです。我ながら、無謀だとは思いましたが」

「ハハハ。そうかも知れないな。でも、君の無謀さ、いや、情熱は賞讃に値するものだと思いますよ。実は、私も犬が大好きでね。街中で野良犬を目にする度に、いたたまれない気持ちになるのです。何とかしなくては、と随分と頭を悩ましていたところなんですよ。是非、君の提案を応援させてもらいたい」

ゲラ副市長は、そう言うと、自らのキャビネットから、赤ワインのボトルを持ってきた。

「トキさんは、飲める方なのかな?」

「赤ワインも、犬と同じくらいに大好きですよ」

「ハハハ。それなら、是非、このサペラヴィを試してみるといい。ジョージアのワインの中でも、私のお気に入りの種類なんですよ」

まだ、勤務時間のはずだが、ゲラ副市長はそう言うなり、赤ワインの栓を抜いた。

「この国では、ワインを飲み交わすことは、友情の証なんでね」

ゲラ副市長は、いたずら好きな表情になって、二つのワイングラスにゆっくりと赤ワインを注いでいった。真紅の薔薇のように綺麗な色だった。そして、二つのワイングラスを注ぎ終えると、その一つを駆に手渡してくれた。

「ガウマルジョス！」

「ガウマルジョス！」

駆は心底から可笑しくなっていた。企画書を提出するために訪れた席で、乾杯をすることになるとは夢にも思わなかったからだ。しかも、その相手は副市長なのだ。想像もしていなかったことが現実に起きている。「幸運」という以外の言葉は見つからなかった。

「この赤ワイン、とても美味しいですね」

駆は率直な感想を述べると、ゲラ副市長は得意げな顔つきになって、「もっと飲みなさい」と再び赤ワインを注いでくれた。駆は赤ワインの勢いを借りて、様々なことについてゲラ副市長と語り合った。日本とジョージアのアルコール事情、文化の共通点や相違点、バトゥミの歴史、それから、再度、野良犬の話へと話の種は尽きなかった。

気がつけば、いつの間にか、赤ワインのボトルは空になっていた。ゲラ副市長は、目を丸くして、駆の飲みっぷりの良さに感心した。それが功を奏したのか、駆は、終始フレンドリーなもてなしを受けたのだった。

肝心の企画書は、バトゥミ市長、及び、アジャリア自治共和国の大統領へ、提出されることになった。また、野良犬の輸送手続きをスムーズにするために、バトゥミ市内の獣医と動物保護団体を直々に紹介してもらえる運びとなった。駆は、このプロジェクトが少しずつ、形になってきたことを感じた。ジョージアを再訪した意義は、計り知れなかった。

帰り際に、ゲラ副市長は、アジャリア自治共和国の国旗入りのラペルピンをプレゼントしてくれた。駆は、ゲラ副市長とサロメに重々にお礼を述べて立ち去ったのだった。

市役所の外では、太陽が笑っていた。駆は、息つく間もなく、紹介された獣医と動物保護団体へと訪れた。それから、前回、訪れた小型シェルターにも顔を出して、合計三ヶ所で、野良犬の輸出に関してのルールや手続きに関しての様々なレクチャーを受けたのだ。

これにより判明したのは、例え、狂犬病の予防接種をしている犬でも、採血をして狂犬病抗体検査を受けなければならない手順だった。指定検査施設に血液（血清）を送り、狂犬病に対する抗体値を測定することがどの犬にも義務づけられているのだ。厄介なことに、指定検査施設は、日本の農林水産大臣が指定する検査施設に限定されていた。

何よりもネックとなったのは、狂犬病抗体検査の採血日を〇日目として、一八〇日以上もの間、輸出前待機をしなければならないことだった。つまり、ジョージアから日本へ犬を輸送するのは、最短でも半年間を要するという計算になる。当然、本年度のCannes Lionsには、間に合わない。果たして、翌年のCannes Lionsに提出はできたとしても、佐伯の身体は、いつまでもつのだろうか？　プロジェクトは、突然、暗礁に乗り上げてしまったのだった。

20

ホテルに戻ってきた駆は、早速、MacBook Airを開いて真悟に連絡を取った。

「駆さん、お疲れ様です。どんな具合ですか？」

「真悟、いい話と悪い話があるんだ。実は……」

駆は、バトゥミに到着してからの出来事の順を追って、報告していった。MacBook Airの画面越しに写し出された真悟は、希望と絶望が入り混じったような表情を見せた。

「実は、僕も農林水産省のサイトから、動物検疫所の手引きに辿り着いて、熟読したんです。しかしながら、輸出前待機に引っかかったんで、直接、問い合わせてみたんです」

「どうだった？」

「やはり、輸出前待機として、どうしても一八〇日は必要なようです」

「なるほど。それがどうやら、最大の難問になりそうだな。他に気になった点はあったか？」

「犬が日本に到着する日の四〇日前までに、到着予定空海港を管轄する動物検疫所に事前届出を提出しなければならない点ですね。これは同時進行でもできるらしく、早めに提出するようにアドバイスされました」

「他には？」

「余談になるかも知れないですが、犬は生後九一日以降に限られるとあります。でも、野良犬ってどうやって判断するんですかね？」

「それは、紹介されたバトゥミの獣医に確認を取ったよ。耳に埋め込んでいるマイクロチップの情報や生体を調べれば、おおよその年齢は分かるとのことだ」

「なるほどですね。まあ、想像していたよりも手続きは煩雑ですが、犬の輸送は素人でも十分に可能だと思います」

「だが、一番の問題は、佐伯さんの健康状態だ。今年のCannes Lionsは見送って、来年に延期してもいいのか。それをまず、佐伯さんに決めてもらいたい」

「了解です。近藤くんを通じて、早急に回答をもらえるように手配します。けれども、もし、佐伯さんが、首を縦に振らない場合はどうするんですか？」

「俺の勝手な予想だが、きっと佐伯さんは同意してくれるはずだ。近藤くんは、既にお母さんに、ジョージアの犬の件を伝えている。お母さんの喜び様は大変だったそうだ。病は気からさ。その証拠に少しずつ、お母さんは元気になってきているようなんだ。近藤くんは、この一連の話を佐伯さんに、逐一、報告している。佐伯さんだって、今更、後戻りはできないさ」

「そうですよね。それを聞いたら、少し安心しましたよ。佐伯さんの同意が得られれば、残された課題は時間だけになります。日本側への輸入手順に関しては、任しておいてください。スムーズにことが運ぶようにベストを尽くします。近藤くんにも、動物検疫所の手引きはシェアしておきますね」

「よろしく頼む。俺は、早速、輸送第一号になる犬をあたるつもりだ。獣医によれば、負傷している犬は適さないとのことだった。輸送途中や係留中に、体調を崩しやすいという理由からだ。俺があたりをつけている犬たちは、果たして、健康体なのか。明日には、早々に動物保護団体と一緒に野良犬たちを確保して、獣医にチェックしてもらう段取りをつけてある」

「駆さん、流石、やることが抜かりないですね。何か、僕に手伝えることはありますか?」

「そうだな。日本のウイスキーを一本、バトゥミの市役所に送って欲しい。宛先は、ゲラ副市長だ。詳しい住所などは、後でメールする」

「お安いご用ですよ。他には?」

「このプロジェクトが成功することを祈っていてくれ」

「勿論ですよ」

　駆の予想通り、佐伯は、翌年のCannes Lionsでもいいと快諾してくれた。その理由には、駆や真悟をはじめ、部下の近藤や彼の母親、そして、協賛金を依頼した社長連中まで、既に、様々な人たちが関与していたことが挙げられる。また、佐伯は「生きた証」をどうしても残したかったのだ。そんな訳で、入退院を繰り返しながらも、佐伯は、精力的にプロジェクトをバックアップしていった。止むを得ずに、その年のCannes Lionsは見送ることになったが、このプロジェクトに関与することは、むしろ、佐伯の生きる原動力にさえなっていたほどだった。

一方、駆は「ホワイト」と「スウィート」と「ハート」を確保して、獣医から健康状態の診断結果を手にした。幸いなことに、三匹共に健康体そのものだった。駆は、迷った末、三匹の身体から、狂犬病抗体検査の採血をしてもらった。三匹の中から一匹を選び出すことなど、心を鬼にしてもできなかった。また、仲睦まじい三匹を別々の国に引き裂くのは、何としても避けたかったのだ。やがて、その英断は正しかったと証明される。

一ヶ月後、駆と真悟は、「ジョージアの犬たちを救おう」とクラウドファンディングで呼びかけて支援を集める戦略を立てた。その結果、目標額を遥かに越える資金が集まったのだ。それに加えて、日本のマスコミ報道によって、ジョージアの犬たちは、日本中から注目を浴びるような結果になったのだった。当然、「ホワイト」と「スウィート」と「ハート」の三匹共に里親も決まった。

まずは、「ホワイト」は近藤くんのお母さんに。そして、「スウィート」と「ハート」はクラウドファンディングの希望者の中から、条件に見合った高齢者二人に決定した。

採血日から一八〇日以上の輸出前待機の期間を経て、三匹の犬たちは無事に成田空港へ到着した。そして、輸入検査後、問題なく里親の元へと届けられた。近藤の母親は、「ホワイト」が家にやって来てから間もなくすると、完璧にペットロスから立ち直った。

「一人より、一人＋一匹。」

それが文字通りに証明されたのだ。今も、三組の「一人と一匹」は、幸せに溢れた毎日を過ごしているのは、言うまでもない。

テレビの動物番組で、「ジョージアの犬たち」が特集されると、やがて、日本中のブームになった。穏やかで、人懐っこくて、忠実な「ジョージアの犬たち」は、子供から大人まで、幅広い年齢層の人たちから注目を受けた。そして、誰からも愛された。

「ホワイト」と「スウィート」と「ハート」は、お茶の間の人気者になっていった。その人気ぶりは、「ジョージアの犬たち」が流行語大賞にまで選ばれたことが実証していた。間もなくすると、三匹の犬たちはバラエティ番組にも出演するようになった。各ＳＮＳでも、話題は持ちきりになった。

その結果、続々と、ジョージアに訪れる人たちが現れた。やがて、日本からの観光客が増えると、ジョージアへの直行便も就航される運びになった。渡航者には、高齢者の姿も頻繁に見られるようになった。トビリシやバトゥミなどの街中で、実際に犬と触れ合いながら、お目当ての一匹を見定めて、日本へ輸送する手続きを踏むのだ。

伴侶を亡くした高齢者たちにとって「ジョージアの犬たち」は、もう単なるペットではなかった。孤独を忘れさせてくれ、常に寄り添いながら、余生を共にするのに、最適なパートナーだった。「ジョージアの犬たち」は、知らず知らずのうちに、そんな地位を確立していったのだった。

「二人より、一人＋一匹。」の反響は、日本だけには留まらなかった。この小さなストーリーは、世界中の人々の心を動かしていった。世界各国がジョージアの犬に注目すると同時に、日本の犬にも注目が注がれることになった。日本の保護犬たちは、アラブ首長国連邦のドバイをはじめとした、多くの国や都市で、里親たちと新しい暮らしをはじめるに至った。それは、思いがけない副産物だった。

また、ジョージアと日本の犬たちの大ブームをきっかけに、世界中で、犬を飼う場合には、ペットショップなどで購入するのではなく、積極的に保護犬を引き取ることが推奨されるようになった。各国の動物愛護団体は、その動きを加速させていった。実際にニューヨークなどの都市をはじめ幾つかの国や都市では、ペットショップでの犬の購買は、法的に禁止された。

一年越しではあったが、駆と真悟は Cannes Lions において、チタニウム部門のグランプリを獲得した。チタニウム部門は、真に革新的な施策を表彰する部門として脚光を浴びてきていた。通年では、最大の注目を浴びるフィルム部門だったが、「二人より、一人＋一匹。」プロジェクトのチタニウム部門のグランプリは、同様に、いや、それ以上の賞讃を受ける結果となったのだった。

Cannes Lions の司会者が結果を告げた瞬間から、駆と真悟は、会場中からスタンディングオベーションを受けた。二人が手を挙げて、ステージに登り、トロフィーを受け取るまでの間、拍手喝采は鳴り止まなかった。スポットライトが重なる場所で、駆は受け取ったトロフィーを高く掲げてから、真悟へと手渡した。その直後に、駆はジャケットのポケットから佐伯の位牌を取り出した。残念ながら、佐伯は半年前に他界していた。しかし、駆の耳には、佐伯のはっきりとした声が聞こえてきた。

「一発、かっ飛ばせて、気分は最高だよ。最後に、花を咲かせてくれてありがとう」

駆は、真悟の方を向いて頷くと、客席に向かって、佐伯の位牌を一層高く掲げた。

完

木戸寛行
（きど ひろゆき）

1969年、東京都新宿区生まれ。通称、Jeff（ジェフ）。カナダに一年間滞在後、外資系広告会社を中心にコピーライターとして活躍をしながら、アメリカ大陸から、アジア大陸、オーストラリア大陸、ヨーロッパ大陸、アフリカ大陸まで、世界中へと旅を続ける。ネイティブ・アメリカンであるナバホ族の聖地へ訪れ、日本人としては初のインディアン・ネームを授かった旅をはじめ、これまでに世界55ヶ国を放浪する。TCC賞、ACC賞、ギャラクシー賞グランプリ、消費者のためになった広告コンクール金賞、ロンドン国際広告賞2年連続ウィナー（日本人初）、ニューヨーク・フェスティバル金賞など国内外で受賞多数。TCC（東京コピーライターズクラブ）会員（1998年～2023年）。著書に『今日は、死ぬにはいい日だ。』（小学館）、『コピーライター放浪記』（未知谷）がある。

©2024, Kido Hiroyuki

雑草の花

2024年 7 月 5 日初版印刷
2024年 7 月20日初版発行

著者　木戸寛行
発行者　飯島徹
発行所　未知谷
東京都千代田区神田猿楽町 2 丁目 5-9　〒 101-0064
Tel. 03-5281-3751 / Fax. 03-5281-3752
［振替］ 00130-4-653627

組版　柏木薫
印刷　モリモト印刷
製本　牧製本

Publisher Michitani Co, Ltd., Tokyo
Printed in Japan
ISBN 978-4-89642-729-5　C0093

——— 木戸寛行の仕事 ———

コピーライター放浪記

All Around the World

ネイティブ・アメリカン・ナバホ族の聖地へ訪れ
日本人として初めてインディアン・ネームを授かった
男の半生記。
何をしても桁外れの男が
世界を旅する中で得た10の確信を語る。

Chapter 1　新宿生まれ、世界育ち
Chapter 2　カナダでのウィンド・オブ・チェンジ
Chapter 3　キング・オブ・ワイキキ
Chapter 4　東京、インド、死について
Chapter 5　ウィンドウ・ロックの風に吹かれて
Chapter 6　マカオ、永遠の三日間
Chapter 7　ジャクソン・ホールの崖とカンヌの壁
Chapter 8　一点を越えて、自分を越えて、国境を越えて
Chapter 9　ジャパニーズマン・イン・ニューヨーク
Chapter 10　インディペンデント・トウキョウ

224頁／本体2200円

未知谷